すまん！
クラスで人気の文学
スカートを短くしたのはオレのせいだ

「私は変わりたいんです」
name
古《ふる》川《かわ》葉《は》桜《ざくら》
古典的な服装と清楚な振る舞い、
そして恋愛経験に乏しい純粋さによって
クラスで絶大な人気を誇る文学少女。
理想の存在として崇拝されているが、
本人はそんな現状に不満がある。

「やっほー！　隣のクラスで人気のギャルこと、
ひめマユだよーん」
name
姫《ひめ》垣《がき》真《ま》唯《ゆい》
学校内の誰もが知っている人気のギャル。
いわゆるオタクにやさしいギャルでもある。
葉桜とは対照的に恋愛経験豊富な所が
人気だが、実際は……？

「わっ！ 見てくださいっ。
サイズばっちり、ぴったりです！
えへへ！」

name
筧《かけい》理《り》比《ひ》斗《と》
「女を殴ってそうな男」として
クラスで避けられている高校1年生。
しかし実際は普通極まりない一般人であり、
童貞。

「よ、よーしっ。りーくんのためにあたしも覚悟を決めて、
全力でゴシゴシしちゃうね！」
Kelvin Clain

「大丈夫ですよ、理比斗くん。
怖がる心配なんて何もありませんから……ご安心を」

もくじ！

すまん！　クラスで人気の文学少女がスカートを短くしたのはオレのせいだ

卅森奇恋

ファンタジア文庫

3403

口絵・本文イラスト　うなさか

プロローグ

こいつ、女殴ってそうな顔だな……。

うららかな朝陽《あさひ》が差し込む教室の片隅。ピカピカに磨かれた窓ガラスに映る自分の顔を見つめて、オレは苦笑いした。

前髪重めのマッシュヘア。アンニュイな目つきに涙ぼくろ。無数のピアスと指輪《リング》。何か企《たくら》んでいそうなニヤけ面。体温が低そうな青白い塩顔。気怠《けだる》げに着崩した制服。自分で言うのも悲しい話だが……どこからどう見ても女殴ってそうな男にしか見えない。

軽薄で、冷徹で、性欲が強くて、ナルシストで、潔癖性で、ヤリチンで、プライド高くて、自分勝手で、逃げ癖があって、他人を見下していて、店員にえらそうな態度で、気に食わないことがあったら女を殴ってストレス解消するクズ。

……と、オレは周りから思われている。

酷《ひど》い。

まったくもって、酷い話だ。

当然、オレは女を殴るような男ではない。そもそも、女どころか男だって殴ったことがない。暴力を振るったことなんて十五年の人生で一度もない。言うまでもなく、飲酒喫煙不純異性交遊なんてもってのほかだ。

至って健全、普通極まりない一般人だと自負している。

ゴミが落ちていたらちゃんと拾うし、困っている人がいたら勇気を振り絞って助けるし、人並みにそこそこ善行を積んでいるつもりだ。……が、そんなことはお構いなしに、容姿と雰囲気だけで酷すぎる偏見を持たれ、蛇蝎《だかつ》の如《ごと》く嫌われてしまうのだ。

オレだって好きこのんで女殴ってそうな男を演じているわけではない。ただ、好みの髪型や服装をしていたら結果的にこうなってしまったのだ。

一昔前に傷害事件を起こして炎上したインフルエンサーに顔が似ているのも大きいのだろう。赤の他人だというのに風評被害も甚だしい……。

勿論《もちろん》、髪型を変えたり、服装を変えたり、女殴ってそうな男がやらなそうなことを率先してやったり、と偏見を覆《くつがえ》すために色々と努力を重ねてきた。……が、どれもこれも成果は出ず、むしろ「それはそれで女殴ってそう」と思われて余計に嫌われるだけだった。

そうして無意味な努力を重ねて、手痛い失敗を積み重ねた結果、オレは諦めて開き直って好きな格好をすることに決めた……というわけだ。

嫌われるのは慣れている。

もはや、嫌われすぎて心は冷たく麻痺《まひ》してしまっている。

子供の頃からずっと、小学校でも、中学校でも、そして現在、高校においてもオレはクラスメイト全員から嫌われ続けているのだ。しかも、入学式当日から速攻で嫌われる、という筋金入りの嫌われ者だ。嫌われることに慣れてしまうのも当然の結果だろう。

軽くため息を吐き出し、オレは机に突っ伏した。

「さあ！　今日も今日とて、古川《ふるかわ》さんの魅力を語る会を開催しようじゃないか！」

オレは寝たフリをしながら、隣の席で盛り上がっている男子達の話題に耳を傾けた。と、同時に昨日の夜の記憶がフラッシュバックし、軽い眩暈《めまい》がした。

「まずは僕から言わせていただこう！　古川さんの魅力は無数にあるが……まずは、やはり何と言っても、古風なお淑《しと》やかさだろう！　誰に対しても、僕達に対しても、自信がなさそうにおどおどと喋《しゃべ》る奥ゆかしさ……！　推せるッ！」

前髪をキッチリと七三分けにしたメガネの男子は暑苦しく語り、茶髪の男子と坊主《ぼうず》頭の男子は「わかりみが深い」とでも言いたげな表情でしきりに頷《うなず》いている。

まるでオタクが推しを語るかの如き熱気だが、こいつらが話題にしているのはタレントでもインフルエンサーでもアイドルでも二次元のキャラクターでも何でもない。クラスの女子のことだ。

古川葉桜《はざくら》。

オレとは対照的にクラスで人気の……文学少女だ。

そう、文学少女。文学をこよなく愛するおとなしい美少女。流行の転換により令和の今では、アニメや漫画でも珍しいキャラクター属性だ。そんな天然記念物にも匹敵する古風な美少女が三次元《リアル》に、このクラスに存在しているのだ。

しかも、飾り気のないメガネ、地味な三つ編み、そして野暮ったいほどに長いスカートというコテコテのスタイルで。

古川葉桜は物珍しさも含めて男女問わず、クラスメイト達から絶大な人気を誇っている。が、決して友達が多くてチヤホヤされているタイプではない。むしろ、誰かと一緒にいることは少なく、一人で本を読んでいることがほとんどだ。そんな文学少女に対し、陰で好意を寄せて遠巻きに憧れているクラスメイトが多いのだ。隣の席の男子達のように。

「俺は少食なところが好きだなぁ」

「おっ！　わかっているな！」

茶髪の発言に七三分けメガネは力強く相づちを打った。

「それで腹が膨れるのか？　ってビックリするくらい小さい弁当箱でチマチマ食べているのが小動物っぽくて可愛《かわい》いんだよなぁ。箸使いも丁寧でさぁ」

人気者は食事をしているところまで吟味されて褒め称《たた》えられるのか、と戦慄した。オレなら何かにつけて、そういうところが女殴ってそう、と嫌悪《けんお》されるばかりなのに。

「お淑やかで、小動物っぽくて、純情可憐《かれん》な文学少女！　……にもかかわらず、実は胸のサイズはとんでもなくて！　……って、僕は朝から何てことを考えているんだ！」

七三分けメガネは頭を抱えて「古川さんの純潔を汚《けが》してしまうところだった！」と大げさな態度で嘆いた。更に、茶髪と坊主頭と共に反省の言葉をぶつぶつと呟《つぶや》き始めた。

男子達が静かになったところで、今度は斜め後ろの席の女子達の会話が聞こえてきた。

「今度さ、古川さんにオススメの小説教えてもらおっかなー」

「ええ？　あんたが読書なんて嘘《うそ》でしょ？　何かあった？」

「いやぁ～……彼氏と喧嘩《けんか》しちゃってさぁ。私も古川さんみたいに少しくらいはお淑やかになった方が良いのかな、って。目指せ、第二の文学少女！　ってね」

「あははは！　あんたには絶対無理だっての。そもそも恋愛経験ある時点でダメダメ！　文学少女失格だよっ」

男子も女子も口を揃《そろ》えて言うのは、古川葉桜は純潔であるということだ。恋愛経験ゼロで、男性がニガテで、汚れを知らないイノセントな存在。つまり、有り体《てい》に言えば処女性を求めているのだ。まるで、ご都合主義な理想像のように。

勝手なもんだな、と心の中でボヤいた瞬間——クラス全体でどよめきが起こった。

「な、何あれ……」「嘘でしょ？」「今日ってエイプリルフール……じゃないよな？」「人違いでも、ないよな？」「冗談であってくれ……これは悪い夢だ」「なんで……どうして……！」「うわあああああああ——っ」

穏やかな朝の時間が嘘のように崩壊し、クラスメイト達はパニック状態に陥ってクラス全体が混乱に呑《の》み込まれていた。

ついさっきまでケラケラ笑っていた女子達は血相を変えているし、男子達もただ事ではない表情で固まっている。七三分けメガネに至っては、動揺しすぎてメガネがずり落ちていた。

何が起きたのか流石《さすが》に気になったオレは寝たフリをやめて顔を上げ、みんなが注目している一点に視線を向けた。そこには、一人の女子生徒が悠然と立っていた。クラスの混乱を意に介していないような無敵の笑顔で。

その女子の顔を見て、オレは首を傾《かし》げた。知らない女子だった。転校生だろうか。それとも、別のクラスの生徒だろうか。と、考えあぐねている間に心の裏側がざわざわと蝕《むしば》まれていくのを感じた。

数瞬して、オレはハッと気づいた。

オレは彼女のことを知っていた。

というか、さっきまで頭の中で散々思い浮かべていた相手だった。

お淑やかで、小動物っぽくて、純情可憐。恋愛経験ゼロで、男性がニガテで、汚れを知らないイノセントな存在。物珍しさも含めて、男女問わずクラスメイト達から絶大な人気を誇っている文学少女。

古川葉桜。

しかし。

大いに、しかし！

そこに立つ古川葉桜はオレが——いや、オレ達が知る姿ではなかった。

飾り気のないメガネはしていなく、裸眼。地味な三つ編みはほどいて、サラサラの黒髪を揺らしている。そして、野暮ったいほどに長かったスカートは……ドキッとするほどに短くなっていた。

そう。古川葉桜を文学少女たらしめていた要素が全てなくなり、あまつさえ、文学少女とはまるで真逆の要素に反転していたのだ。

つまり、古川葉桜は文学少女ではなくなっていた。

「…………」

驚きのあまり呆《ほう》けた顔で固まっているオレに気づき、古川葉桜は目を大きく見開いた。

更に、奥ゆかしい文学少女のイメージとはかけ離れた天真爛漫《てんしんらんまん》な笑みを浮かべ、元気いっぱいな声を上げた。

「理比斗《りひと》くん！」

青天《せいてん》の霹靂《へきれき》の如く、古川葉桜が口にしたのはオレの名前だった。

「昨日の夜はありがとうございました！　理比斗くんのおかげでオトナになれました！」

ほんのりと頬を赤らめて古川葉桜が放った意味深極まりない言葉により、クラスメイト達の怒りと嘆きは無秩序に混じり合い、混乱は最高潮に達した。混乱というよりも、もはや混沌《こんとん》と呼ぶ方が正しいほどに。

しかし、今のオレにはクラスメイト達のことを気にしている余裕はなかった。

ただ、頭の中に昨日の夜の記憶が走馬灯のように駆け巡っていた。

まさか、本当にスカートを短くするなんて――――。

第一話　「私をオトナにしてくれませんか」

オレが覚えている限り、古川葉桜とまともに会話をしたのは昨日の夜が初めてだった。

コンビニで夕飯を買った帰り道、通りすがりの小さな公園で奇妙な光景に出くわした。

公園の隅にある木の上から甲高い泣き声が響き、その下ではおとなしそうな女子高生がウロウロしていたのだ。どこからどう見ても、どう考えてもただ事ではない。

正直、関わりたくはない。どうせオレの顔を見たら、女殴ってそうだと勝手に偏見を持たれて軽蔑されるだけだ。見て見ぬフリをして家に帰るのが一番良いだろう。

しかし……公園の周りには誰もいない。車通りもほとんどない。木の上からギャーギャーと泣き声が響き渡っているにもかかわらず、誰も来る気配はない。ただ、木の下で女子高生がおろおろしているだけだ。

このまま見捨てて帰ったら絶対に後悔するだろう。そのせいで折角の夕飯が不味《まず》くなってしまったら最悪だ。と、オレは自分の心に言い訳を押しつけて公園に足を踏み入れた。

「お、オイ。……何があったんだ？」

「ひょえっ！」

オレが話しかけた瞬間、女子高生は素っ頓狂な声を上げて飛び上がった。確かに気持ち悪い声のかけ方だったのはわかるが……それにしても、話しかけただけでこんな反応をされてしまうのか、と天性の嫌われ者っぷりを改めて痛感した。

「あ……！」

ピクピクと震える顔面蒼白《がんめんそうはく》の女子高生の姿を見て、今更ながらオレは気がついた。

その女子高生が着ている紺色のブレザーは、オレが通っている鷹柳《たかやなぎ》高校の制服だった。

つまり、同じ高校の生徒。いや、それどころか見知ったクラスメイトだった。といっても接点はまるで皆無で、オレが一方的に知っているだけだが。

汚れを知らないようなあどけなさの残る顔。ちんまりと小柄な体躯《たいく》に迫力満点の胸。それじょそこらのパワースポット以上に御利益《ごりやく》のありそうな透明感。お淑やかで、奥ゆかしくて、守ってあげたくなる小動物みたいな雰囲気。

そして、飾り気のないメガネ、地味な三つ編み、野暮ったいほどに長いスカート……という今どき珍しい古風なコテコテの出《い》で立ち。

クラスで人気の文学少女・古川葉桜だ。

「筧《かけい》くん……！」

か細い声色で苗字《みょうじ》を呼ばれ、オレは軽い眩暈《めまい》と同時に奇妙な感動を覚えた。クラスの人気者に認知されていたなんて……！　と、喜んでみたものの、どうせ悪い意味で知られているんだろうな、と冷静なネガティブ思考で心を落ち着かせることに成功した。

「あ、えっと……あそこの木の上に子供がいるんですが、降りられないみたいで……」

古川《ふるかわ》葉桜の言葉を聞き、オレは木の上を見上げて納得した。甲高い泣き声の主が木のてっぺん付近で縮こまっている。見たところ、小学校低学年くらいの女児だ。

野良《のら》ネコでも追いかけて調子に乗って木登りをしたら、降りられなくなって泣き喚《わめ》いている……といったところだろう。

「何とかしてあげたいんですが……私、運動音痴だから」

俯《うつむ》きがちに言って、古川葉桜は今にも泣き出しそうな悲しげな表情を浮かべた。辺りには誰もいないし、呼び出せるような頼れる知り合いもいないし、と困り果ててウロウロしていたらしい。

「成程な」

木の幹を軽く触り、オレは小さく頷《うなず》いた。……見てくれの割に案外、どっしりとしている。高さもそこまででもないし、これくらいなら余裕だろう。

そして、オレは木の幹に手を伸ばし、ひょいっと足をかけた。

「え？　か、筧くん？　何をしてるんですか！」

古川葉桜《はざくら》があたふたと困惑している間にオレは軽やかな身のこなしで木を登り終え、てっぺんで泣き喚いている女児を持ち上げた。

「もう安心だぞ」

なるべく怖がらせないように優しい声で女児に囁《ささや》き、オレは地面を見下ろした。女児は確保したし、あとはさっさと降りるだけだ。しかし、このまま女児を担《かつ》いで普通に降りるのは難しいだろう。

ならば、答えは一つだ。

「大丈夫だからな」

怪我《けが》をさせないように女児を抱え込んだ体勢でオレは意を決し、木のてっぺんから勢いよく飛び降りた。

着地の瞬間に想像以上の衝撃が足を襲い、痺《しび》れるような痛みに思わず悶絶《もんぜつ》しそうになった。が、オレは何食わぬ表情を取り繕って「大丈夫だって言っただろ？」とできる限り余裕な声色で格好をつけた。

「わーッ！」

ピリピリと痺れる足を自然な感じにさすっているオレを見て、古川葉桜は大きな声を上げてぴょんぴょこ飛び跳ねた。

「筧くん、すごいですっ。お猿さんみたいにスルスル木登りして！　ヒーローみたいにズバーンって飛び降りて！　すごく、すごいですっ！」

興奮しているせいか、文学少女らしからぬ語彙力だぞ……。

「ま、まぁな」

古川葉桜に褒め称《たた》えられたことが嬉《うれ》しくもあり、照れ臭くもあり、オレはニヤニヤしないように下唇を必死に噛《か》み締めて平静を装《よそお》った。

小学生の頃、女殴ってそうというマイナスイメージを覆《くつがえ》すためにはワイルドになるべきだ！　と木登りの練習をしたことがあったのだ。結果的に、木登りができるだけでカッコつけているのが鼻につく、と余計に嫌われただけだったのだが……まさか、こうして褒められる時がくるなんて！

と、喜びに浸りつつ、オレは女児をゆっくりと地面におろした。

「おにーさん、ありがと！」

女児は目をゴシゴシと擦《こす》って涙を拭い、元気一杯頷いた。そして、にっこりと笑みを浮かべてオレを見上げた。――が、オレの顔を見た瞬間に女児の表情は真っ青になり、恐怖に凍《い》てついてしまった。

見開いた目でオレの顔を凝視して、女児は乱れた息を漏らしながら静かに一歩後退《あとずさ》った。

……ああ、いつものやつだ。と、その後に起きる展開を察知してオレは肩をすくめた。

「キャーッ！　な、殴られるーっ！」

女児は木の上にいた時の泣き声よりも大きな悲鳴を上げ、オレ達の前から大慌てで走り去っていった。

「え……？」

突然の出来事に古川葉桜は何が起きたのか理解できていない様子で小首を傾《かし》げた。

「殴られる……？　あの子、どうしたんでしょうか？」

「……オレの顔を見て思ったんだろ。女殴ってそうなヤバいヤツだって」

小学校低学年の女児にさえ本能的に怖がられるなんてな、とオレは冷ややかに笑った。

「そ、そんな……！　酷《ひど》いですっ！」

憤慨する古川葉桜の表情をオレは何気なく一瞥《いちべつ》した。どうやら人気者特有の偽善というわけではなく、本気で怒ってくれているらしい。

「気にするだけ無駄だ」

「でも！　でも、でも……寛くんは、それで良いんですか……？」

良いも悪いもどちらでもない。しょうがないことなんだから。

「……嫌われるのは慣れている」

吐き捨てるように言って、オレは目を伏せた。

続け様に「お前はオレが怖くないのか？」と喉元まで出かかったが、オレは寸前で言葉を呑《の》み込んだ。どうせ、結果は変わらない。下手に希望を抱くだけ無駄で、無意味だ。

オレの味方になろうとするのは結局、点数稼ぎの偽善者か、綺麗事《きれいごと》を語るだけで満足する脳内お花畑ばかり。時には、本気で怒ってくれたヤツもいたが……オレのマイナスイメージを払拭《ふっしょく》するのが無理だとわかると素知らぬ顔で逃げ出すのがオチだった。

「……」

古川葉桜は何か言いたげな表情でオレを見つめていた。

……汚《けが》れを知らない文学少女らしい綺麗事でも吐き出されたら厄介だな。女児は助けたことだし、さっさと帰ってしまおう。古川葉桜と一緒にいるところをクラスメイトに目撃されたら、良からぬ悪評を撒《ま》き散らされてしまうかもしれないし。

と、逃げ出すように公園を去ろうとした瞬間。

「筧くんっ！」

古川葉桜は大きな声でオレを呼び止めた。

「い、いえ……理比斗《りひと》くんッ！」

無視して強行突破しようとしたものの、不意打ちで名前を呼ばれてオレは平常心を失って立ち尽くしてしまった。

「な、なんだよっ……」

名前を呼ばれただけでドキドキが止まらない脆弱《ぜいじゃく》な心臓をなだめながら、オレは恐る恐る振り返った。が、すぐに後悔した。古川葉桜の真《ま》っ直《す》ぐな眼差《まなざ》しと視線が合ってしまったのだ。

みんなに好かれている古川葉桜と、嫌われ続けてきたオレでは見ている世界はまるで違う。決してわかり合うことのない平行線だ。……だから、そんな目で見ないでくれ。お前の目はオレには眩《まぶ》しすぎる。

「理比斗くん！」

眩しさに怯《ひる》んでいるオレの名前を再び口にして、古川葉桜は言葉を続けた。

「私をオトナにしてくれませんか！」

……。

…………。

…………は？

唐突にもほどがある古川葉桜の意味深な発言に面食らい、オレはカチコチに固まった。意表を突かれたせいで頭がまったく働かない。緊張と動揺で身体《からだ》がビクとも動かない。ただ、心臓の音だけがやたら五月蝿《うるさ》く鳴り響いている。

「つまり！　理比斗くんの弟子になりたいんですっ！」

文学少女のくせに文脈を無視して勝手に話を進めないでくれ！

「ちょ、ちょっと待ってくれ！　一体全体、何を言っているんだ？　まるで意味がわからんのだが……」

「す、すみません！　つい、勢いで喋《しゃべ》ってしまって……」

困惑するオレに対し、古川葉桜はぺこりと頭を下げた。

「順を追って説明すると……まず！　理比斗くんは私にとって理想のオトナなんです！」

「待て、待て。オレはオトナじゃないぞ！」

出だしから意味不明なことを言われ、オレは力なく首を横に振った。

「いえ！　オトナです！」

古川葉桜は透き通る声色で断言した。

「だって、理比斗くんはとってもオシャレでカッコいいですから！」

オレの髪型、ピアスと指輪、着崩した制服を順番に見回して古川葉桜は「スタイリッシ

ユー!」とアホみたいな顔でサムズアップした。

ファッションセンスを褒められるのは嬉しいが、だからといってそれだけでオトナ扱いするのは無理があるだろう。

「それに何より、理比斗くんには周りを気にしない確固たる意思があります」

「……確固たる意思?」

「はい! さっきのことも、学校での振る舞いも! 理比斗くんは他人からの評価を一切気にせず、嫌われることを厭《いと》わずに自分を貫いていますから。何色にも染まることなく、威風堂々と我が道を行く……それこそが私の憧れるオトナなんですっ!」

文学少女らしからぬ情熱的なテンションでまくしたてられ、オレは思わず一歩後退った。

「なので、オトナになるための秘訣《ひけつ》を私に色々と教えてほしいんです!」

「だから、オレはそんな――」

お前が憧れるような立派なオトナなんかじゃない。と、言おうとしたがキラキラと輝く瞳に見つめられ、オレは言葉を詰まらせた。ここで無慈悲に突き放すのは良心の呵責《かしゃく》が……と、日和《ひよ》ってしまったのだ。

「……んん。しかし……オトナになるための秘訣、と言われてもな」

髪の毛をもしゃもしゃと掻《か》き毟《むし》り、オレはくぐもった声を漏らした。

厄介なことに古川《ふるかわ》葉桜の熱意は本物だ。クラスで人気の文学少女が何故《なぜ》、オトナを目指しているのかは皆目見当もつかんが……。それでも、今の古川葉桜がどうしようもなく本気なのは確実だった。

とはいえ。

こんなオレを頼ろうとする感情は所詮、水物に決まっている。ただの気の迷いだ。一過性の衝動だ。どうせ、すぐにオレから離れていくことは目に見えている。

だからこそ本気にせず、適当にあしらうのが一番だろう。

「そうだな……」

オレは乾いた口内を唾液で湿らせてから、その場しのぎの言葉を吐き出した。

「たとえば、スカートを短くしてみたら良いんじゃないか？」

「す、スカートを短く……ですか？」

オレのセクハラじみた提案にさしもの古川葉桜も驚いたのか、もじもじとスカートを押さえて黙りこんだ。適当にあしらうと言っても流石《さすが》に考えなしすぎたか、と若干の後悔を抱きつつオレは軽く咳払《せきばら》いをした。

必要以上に感情移入してしまわないよう、心の温度を低くして。

「……文学少女とはいえ、そのスカート丈はいくらなんでも長すぎる。もう少し短くしたら多少は垢抜《あかぬ》けて、それなりにオトナっぽくなるんじゃないかと思ってな」

「確かに、長すぎますよね……」

適当なオレの言い分に対し、古川葉桜《はざくら》は深く頷《うなず》いて重々しい表情を浮かべた。

「そのせいで失敗したこともありましたし」

苦い記憶を頭に思い浮かべているのか、古川葉桜は顔をくしゃくしゃに歪《ゆが》ませて唇を噛み締めていた。そんな姿を見て、意外に表情豊かなんだな、と思いながらもオレは公園をそそくさと立ち去ろうと試みた。

「それじゃ、そういうことで」

しかし、オレの帰りを阻止するように古川葉桜は声を荒らげた。

「え！　アドバイスはこれだけですかっ？」

うぐっ。

眉を八の字に曲げて悲しそうにする古川葉桜の姿はまるで、飼い主に愛想《あいそ》をつかされた子犬のようで、罪悪感と庇護《ひご》欲がビンビンに刺激されてしまった。……くそっ、その表情はズルすぎるだろ。

「いや、えっと……そうだな。他には……んー。メガネを外したり、髪型を変えてみるのはどうだ？　三つ編みをほどいて髪を下ろすのも似合うと思うぞ。いっそのこと、文学少女っぽさがなくなればオトナに近づくかもしれないし……」

　文学少女のアイデンティティを真っ向から全否定するオレの発言を聞いて、古川葉桜はこれまで以上に目をキラッキラと輝かせた。まさしく、飼い主からのご褒美《ほうび》をもらって無邪気にはしゃぐ子犬のように。

「成程！　流石は師匠です！」

「べ、別にそんな大したことは言ってないと思うが……。イメチェンのアドバイスとしてはありきたりなものばかりだし……」

「だとしても！　背中を押してくれたことが何よりも大きいんです！」

　口を挟む隙がない力強い口調で言い切って、古川葉桜は「ありがとうございます！」と深々と頭を下げた。

「早速、明日から実行してみますね！　それでは理比斗くん！　また明日！」

　そして、古川葉桜は元気よく手を振って公園から走り去っていった。陳腐な言い回しをするなら、まさに嵐のようなヤツだった。

「……何だったんだ、まったく」

　誰もいなくなった静かな公園で一人、オレはぐったりと項垂《うなだ》れた。

　明日から実行する、と言っていたが真に受ける必要はないだろう。アドレナリンだかドーパミンだかが出まくって、その場の勢いで言ってしまっただけだ。明日になったら弟子入りの件すら口にせず、いつも通りの日常を送るに決まっている。

所詮、そんなものだ。

そもそも、メガネを外して、三つ編みをほどいて、スカートを短くして、古川葉桜が文学少女を辞めようものならクラスメイト達は黙っていないだろう。非難囂々《ひなんごうごう》だ。たかがイメチェンのためにわざわざ危険な橋を渡るなんてあり得ない。

そう、その時のオレは気を抜いていたのだが――。

▼

▼

▼

翌日の朝の教室で変わり果てた古川葉桜と対面し、意味深な言葉を投げかけられたオレは愕然《がくぜん》と固まっていた。

「理比斗くん、どうですか？　えへへ……少しでもオトナっぽくなれたでしょうか？」

恥じらい気味に問いかけてきた古川葉桜の姿を改めて見つめ直し、オレは冷や汗をダラダラと流して震え上がった。

飾り気のないメガネを外して、露《あら》わになったあどけない笑顔。地味な三つ編みをほどき、艶やかに揺れる濡羽色《ぬればいろ》のストレートヘア。野暮ったいほどに長かったスカートを短くし、燦然《さんぜん》と輝く肉感的な太もも。

その姿は、どこからどう見ても間違いなく、昨日のオレのアドバイスによるものだった。

べぬんっ、べぬんっ、と心臓が今まで聞いたことのない音をたてて脈動している。

クラスメイト全員の怒りがこもった視線が全身に突き刺さるのを感じ、腹の奥が軋《きし》むような激痛に襲われた。その視線のところどころに殺意さえも込められている気がするのは、流石に勘違いだと思いたい。

「嘘《うそ》だろ、古川さん……」「筧《かけい》のせいで、古川さんが文学少女じゃなくなったんだ」「男の悪い影響で……」「たぶらかされたんだ」「昨日の夜にオトナになったってことは……つまりそういうこと、だよな」「古川さんの純潔を返してくれ……」「最悪だ……絶望だ……」

教室は見るも無惨《むざん》な阿鼻《あび》叫喚《きょうかん》の地獄絵図だった。

「あ、えっと！　み、みんな違うんです！　理比斗くんは私の師匠で――」

必死に弁明をしようとする古川葉桜の言葉はクラスメイト達のどよめきに呑《の》み込まれ、誰の耳にも届くことはなかった。

そんな中、隣の席の七三分けメガネの男子が仰々しい所作で挙手をして立ち上がった。

「筧！」

今にも殴りかかってきそうな気迫と共に、七三分けメガネはオレの名を吠《ほ》え叫んだ。

こいつはクラスメイトの中でも特に古川葉桜を推している……いわゆるガチ勢だ。毎日、古川葉桜の文学少女性について熱弁しているようなヤツだ。そんな男にとって、今のオレは殺したいほどに憎らしい存在であることは間違いないだろう。

「キミは……古川さんの、何だ？」

それは、怒りと悲しみを必死に抑えて無理矢理絞り出したような声だった。

「な、何って……」

七三分けメガネの目を見て、オレは言葉を詰まらせた。

その目の奥には義憤の炎が轟々《ごうごう》と燃えていた。純真無垢《じゅんしんむく》な文学少女を汚《けが》しやがって！と、底知れない怒りの感情がグツグツと煮え滾《たぎ》っている。そして、それ以上に……懇願するような思いが込められているのを感じた。

どうか、最悪の答えを言わないでくれ、と切に祈るような。

昨日の夜の出来事を正直に言うべきだろうか、とオレは逡巡《しゅんじゅん》した。しかし、言ったところで、にわかには信じてくれないだろう。そもそも、オレの反論をみんながまともに聞いてくれたためしがないし。曲解されて更に嫌悪《けんお》されるに決まっている。

一ヶ月前の入学式の時と同じように。

「……知るか」

オレはできる限りぶっきらぼうな言い方で吐き捨てて、七三分けメガネから目を逸《そ》らした。そんなオレの反応を見て、クラスメイト達の怒りは際限なく膨れ上がっていき、やがて爆発寸前になった瞬間……予鈴が鳴り響いた。

▼　▼　▼

「はぁ……」

午前中に溜《た》まりに溜まった疲労感諸共《もろとも》にため息を吐き出し、オレは錆《さ》びかけたベンチに腰を下ろした。

人が寄りつかない校舎裏にある廃れた倉庫前のベンチ。鬱蒼《うっそう》と生い茂る木々に囲まれた静けさは世界から隔離されているかのようで、酷《ひど》く落ち着く。ここはオレにとって校内で唯一の居場所であり、俗世から離れられる癒やしであり、オレだけの聖域《ベストプレイス》なのだ。

ここなら厄介な人目も、耳障《みみざわ》りな陰口も、鬱陶しい邪魔者も何もない。

昼メシを食べてまったり過ごすには最適の場所だ。

寒くも暑くもない丁度良い塩梅《あんばい》の五月の陽気を感じつつ、オレは購買で買ってきた煮卵おにぎりに大きく齧《かじ》りついた。半熟卵にだし醤油《しょうゆ》がたっぷり染《し》みこんでいて、めちゃくちゃ美味《うま》い。オレの定番の昼メシだ。

軽く咀嚼《そしゃく》したあと、ペットボトルの炭酸水をゴクゴクと飲んで一気に流し込んだ。

……そういえば、早食いは余裕がなさそうに見えるから余計に女殴ってそうに思える、と中学生の時に言われたことを思い出した。善意のアドバイスのつもりなのだろうが、まったくもって言いがかりも甚だしい。

……まぁ、過去の出来事に怒りをぶつけて現実逃避をしている場合ではないのだが。

流石に日中の教室の空気は耐えがたいものだった。七三分けメガネからは常に睨《にら》まれ続けていたし。とはいえ、朝の一件以降オレに話しかけてくるヤツが誰もいなかったのは不幸中の幸いだった。

下手に刺激すると得意の暴力を振るわれる、と思って怯《おび》えているのだろう……。

「はぁ～」

昼休みが終われば地獄に逆戻りだ、と憂鬱な感情と共にため息を吐き出した——その時。

微《かす》かな足音が近づいていることに気づき、オレは思わず身構えた。

「あ！　やっと見つけましたー！」

草木をかきわけて現れたのは、地獄を生み出した張本人・古川《ふるかわ》葉桜だった。朝から変わらず、文学少女としての要素を全て廃絶した格好だ。……それにしても、短いスカートから伸びるムチムチの太ももが眼福すぎて逆に目の毒だ。

「古川葉桜……」

恐る恐る立ち上がって、オレはいつでも逃げ出せるように態勢を整えた。しかし――

「すみませんでした！」

――勢いよく頭を下げた古川葉桜に謝罪の言葉を口にされ、オレは逃げ出すタイミングを失って立ち尽くしてしまった。

「い、いや……謝られても困るんだが」

昨日の夜に続いて古川葉桜の妙な勢いに呑まれ、オレは強く言い返すことができずに首を横に振った。そんなオレを潤んだ瞳でジッと見つめ、古川葉桜は申し訳なさそうな声色で言葉を続けた。

「勘違いを訂正するために、クラスのみんなにもちゃんと説明しようとしたんですけど……誰もまともに話を聞いてくれなくて……すみません」

しょんぼりする古川葉桜を一瞥《いちべつ》してオレは肩をすくめた。

クラスの連中からしたら古川葉桜は可哀想《かわいそう》な被害者で、オレは最低最悪な加害者に見えているのだから、今更言い訳をしたところで何の意味も成さないのだろう。

「その件はどうでもいい。というか、どうしようもない」

時に、諦めて開き直ることが肝心なのだ。と、嫌われ続けた人生の中でオレは学んだ。どれだけ辛《つら》い時でも心の温度を低くして、感情を希薄にすれば案外何とかなるもんだ。

「それにしても……本当にスカートを短くするなんてな」

剝《む》き出しの太ももの健康的なエロさに思わず見蕩《みと》れてしまいそうになり、オレは軽く咳《せき》払《ばら》いをして気を紛らわせた。

キラキラと輝く表情、風に揺れる艶やかな黒髪、そして蠱惑《こわく》的なミニスカート。

昨日までの姿が嘘のように垢抜《あかぬ》けているが……確かに、コテコテの文学少女に理想を抱いていたクラスメイト達がショックを受けるのは理解できる変わり様だ。

それはそれとして、オレは今の古川葉桜《はざくら》の方が自然体で可愛《かわい》いと思うけれども。

「えへへ。似合ってますか……？」

オレの視線に気づいたのか、古川葉桜は照れ臭そうにスカートの裾を押さえて首を傾《かし》げた。あどけない顔がほんのりと赤みを帯びているのが妙に色っぽく、無性にドキドキしてしまった。

「アアッ！　に、似合っていると思うゾ！」

自分でもドン引きするレベルで挙動不審な反応をしてしまった。が、古川葉桜にとっては嬉《うれ》しい言葉だったようで――。

「やったぁ！」

満面の笑みを浮かべて、ぴょん！　とジャンプした古川葉桜を眺めて、オトナどころか子供だな……とオレは苦笑いした。

「お、おい。あんまり動き回ると――」

オレの忠告はすでに手遅れだった。

ぴょんぴょこ飛び跳ねているせいで、ただでさえ短いスカートは大きく捲《まく》れ上がり、素朴なデザインの薄いピンク色のパンツが丸見えになってしまったのだ。それはもう、物の見事に！　超至近距離でガッツリと！　パンチラと呼ぶには無理があるほど大胆不敵に！

「きゃっ！」

数秒遅れで古川葉桜は自分があられもない姿を晒《さら》していることに気がつき、スカートの裾を慌てて押さえつけた。先程までキラキラ輝いていた表情は恥ずかしさで真っ赤に染まっている。

丸見えのパンツに加えて、無邪気な美少女が恥ずかしがる姿はあまりにも扇情的で、いたいけな青少年には刺激が強すぎる。いきり立つ煩悩《ぼんのう》が暴発して頭がどうにかなりそうだ。

「あ、あの……もしかして、見えちゃいました……？」

「え、あ……あ、ああ」

このままでは脳が煩悩に蝕《むしば》まれて会話もままならない！　と、危機感を覚えたオレは急遽《きゅうきょ》、七三分けメガネの顔を思い浮かべることにした。

「…………ふぅ」

脳内で怒りに燃え滾る七三分けメガネの効果により、煩悩はふにゃふにゃに萎えて無事に沈静化された。そして、オレは安堵《あんど》の息を吐き出して額に滲《にじ》む汗を拭い取った。

「スカートを短くするのって、やっぱり恥ずかしいですね……えへ」

そう言って古川葉桜は目を細めて、所在なさげに自らの太ももをむにむにと触った。

……めちゃくちゃ柔らかそうだな、と脊髄反射で思ってしまった自分を忌々《いまいま》しく呪った。

「……というか、下に……す、スパッツとかは穿《は》かないのか？」

視線を合わせると再び脳みそが薄いピンク色に染まるかもしれないと危惧し、オレはそっぽを向いて言葉を返した。

「確かにスパッツさえ穿いていれば、どんな時でも安心安全ですもんね」

「わかってるのに何で穿かないんだ……？」

オレの問いかけに古川葉桜は「ですが！」と元気いっぱいに否定した。

「自分の意思で短いスカートを穿いておきながら、スパッツという保険に頼るのは甘えだと私は思うんですっ」

「あ、甘え……？」

「つまり！　それは私の中の武士道に反するんです！」

つまりの意味がまったくわからんぞ。何なんだ、スパッツを穿いたら反することになる武士道って。正々堂々とするべきだ、と言いたいのかもしれないが……スカートの下にスパッツを穿くことは別に卑怯《ひきょう》なことでも、非人道的なことでもないと思うのだが。

「というわけで、私はこれからもスカートの中はノーガード戦法で突き進む所存です！　なので師匠もご心配なく！」

いや、心配しかないんだが……って、ちょっと待て。

「……師匠ってなんだよ」

「え？　師匠は師匠ですよ。昨日、弟子入りしましたから！」

弟子入りなんて気の迷いだと思っていたのだが……こいつはどこまで本気なんだ？

「なぁ、古川葉桜――」

「話の腰を折ってしまって申し訳ないんですが！」

オレが話そうとしたのを遮り、古川葉桜はピン！　と手を挙げた。

「古川葉桜、とフルネームで呼ばれるのは妙に仰々しくて、面はゆいので何とかならないでしょうか？」

　オレのことは師匠呼びしているくせに、こいつ……！

「しかしだな……」

馴《な》れ馴《な》れしく見えないよう、変な風評被害が起きないよう、オレなりに対処したのがフルネーム呼びだったのだが――いや、すでに変な風評被害が起きてしまっているので今更ではあるけども。

「私は理比斗《りひと》くんって呼びますので、ここはお互いに名前で呼び合いませんか？　その方が収まりが良いです！」

「な、名前で呼び合うだと……？」

恋愛経験ゼロの童貞にはハードルが高すぎる要求だな……。

そう、童貞。

言わずもがな、オレは童貞だ。

高校生で童貞なのは普通のことかもしれないが、オレの場合は少しわけが違う。女殴ってそうな男……という、ある種ヤリチン的な偏見を持たれているにもかかわらず、まったくもって未経験のチェリーボーイ、というギャップが最悪に作用するのだ。

女殴ってそうな童貞。

……まったくもって、最悪の響きだ。擁護のしようがない完全無欠のクズだと断言できるほどに。

「とりあえず、名前呼びについては保留だ。……善処はする。一応。たぶん。おそらく」

保険をかけまくったオレに対し、「はい！」と古川葉桜は無邪気に頷《うなず》いた。ここまで純《じゅん》真無垢《しんむく》だと、クラスの連中が無駄に心配してしまう気持ちもわかる気がする。

「で、いつまで続けるつもりだ？」

「え？　ど、どういうことですか？」

「師弟関係のことだ。オレに弟子入りしたところで何の得もないだろ」

心の温度を低くして、オレは突き放すように吐き捨てた。ズブズブと続けて取り返しがつかなくなる前に、こんなものはさっさと終わらせた方が良い。

そんなオレの思いを一切汲《く》み取ることなく、古川葉桜は首を横に振った。

「お得です！　理比斗くんに弟子入りすることは得しかないです！」

鼻息荒く言ってのけた古川葉桜を見据えて、オレは肩をすくめた。

「……今朝の地獄の空気を感じただろ？」

「ふぐっ」

「明日、明後日《あさって》、と続けていけばもっと酷《ひど》いことになる」

「ふぐぐっ」

オレの言葉が想像以上に刺さったのか、古川葉桜は顔をくちゃくちゃにして何度も怯《ひる》んだ。このまま押し切れば諦めてくれるだろう、と手応えを感じたオレは更に念を押して、露悪的な表情で開口した。

「だから、オレと関わるのはやめろ。それが身のためだ」

トドメとばかりに強い口調で言ったのだが、返ってきた言葉は思いがけないものだった。

「た、確かに……このままだと理比斗くんが悪人扱いですもんね。……すみません」

「いや、オレのことは別にどうでもいい。嫌われるのは慣れているからな。そんなことよりも、お前のことが——」

「私のことなら、ご安心を！」

オレの言葉をぶった切るように古川葉桜は無邪気に笑ってみせた。破顔一笑。それは、太陽のように輝く無敵の笑顔だった。オレの不安も、心配も、ネガティブなありとあらゆる闇をかき消すかの如《ごと》き光を放っていた。

「私は変わりたいんです」

そう言って古川葉桜は大きな胸にそっと手を当てた。

「何もできない子供の自分とはさよならして、立派なオトナになりたいんですっ！」

古川《ふるかわ》葉桜の真《ま》っ直《す》ぐな言葉がオレの脳内をぐちゃぐちゃに掻《か》き乱した。

オトナ……。

オトナってなんだ？

成人したらオトナか？　それとも、セックスをしたらオトナか？　だとしたら、童貞のオレはただのガキでしかないだろう。

あるいは、就職をしたら？　税金を払ったら？　結婚したら？　子供ができたら？　安定した生活を送っていたら？　誰かに認められたら？　……オトナを定義するものは一体全体、何なんだ？

答えが出ない堂々巡りをしていると、古川葉桜は目を伏せて静かに言葉を紡《つむ》ぎ始めた。

「私も……みんなみたいにオシャレをしたり、放課後に遊んだり、ドキドキする恋愛をしたり、色んなことを体験してみたいんです」

オシャレをすることも、放課後に遊ぶことも、恋愛をすることも、オトナになることには直結しない。ただの、普通の高校生の青春だ。しかし、古川葉桜にとっては特別な意味を持つことなのだろうか？

「文学少女のままだと、私はずっと置いてけぼりだから……」

それは、今にも消えてしまいそうなか細い声だった。しかし、何故《なぜ》か心の奥底に妙に響き渡る言葉だった。

所詮、気の迷いだ。一過性の衝動だ。と、自分の心に言い訳をして、オレはゆっくりと口を開いた。

「たとえば、だが……」

恐る恐る、しどろもどろに言葉を選びながら喋《しゃべ》り始めたオレを、古川葉桜《はざくら》はガラス玉のようにピカピカした目でジーッと見つめた。

「本当に、たとえばの話だが……。何かしてみたいことでもあるのか？　えーと、つまり、その……オトナになるために、やってみたいことというか。オレにできることがあるのなら……多少は、ほんの少しは、ちょびっとだけなら……協力してやっても……良い」

我ながら歯切れが悪すぎてびっくりした。しかし、それ以上に古川葉桜の表情を見てびっくりした。

「良いんですかッ！」

嘘《うそ》偽りなく、偽善でも何でもなく、古川葉桜は心の底から喜んでいる様子で笑顔を輝かせていたのだ。

「……。…………ああ」

古川葉桜が文学少女を辞めるきっかけを作ったのは他でもない、オレだ。だからこそ、できる限りの責任は取るべきだろう。昨日のオレが適当なことを言わなければ、古川葉桜のスカートは短くなっていなかったのだから。

　そう……オレがアドバイスをしなければ、古川葉桜は今日も飾り気のないメガネをして、地味な三つ編みをして、野暮ったいほどに長いスカートを穿いて、教室の隅っこで文庫本を読み耽《ふけ》っていたはずだ。

　――それで良かったのだろうか？

「では！」

　突然、古川葉桜は勢いよく両手をパチン！　と叩《たた》いて言い放った。

「放課後デートがしてみたいですっ！」

「は？」

　何だって？

　放課後デート。それはつまり、放課後にデートをする、という意味か？　古川葉桜と、オレが？　クラスで人気の女子と、クラスで嫌われている男子が？

　待て、待て、待て。

　おーけー、一回クールダウンしよう。

　普通に考えればわかることだ。古川葉桜は遊ぶことをデート、と言い換えているだけだ。

即《すなわ》ち、放課後デートとは放課後に遊ぶこと。ただのそれだけ。何一つ思い悩む必要なんてないのだ。無駄に考えすぎて空回りするのは童貞の悪い癖だ。そもそも、古川葉桜は「恋愛をしたい」とも言っていた。そう！　これは今後、古川葉桜が恋愛をした時の予行演習というわけなのだ！　そういうことなのだ！

と、オレは自己洗脳する勢いで自分に言い聞かせ続けた。

▼

▼

▼

中途半端《ちゅうとはんぱ》な地方都市・六々坂《ろくろくざか》市。

胸を張って都会と言えるほど栄えていなく、かといって牧歌的な田舎と言えるほど雰囲気が良いわけでもない、どっちつかずの微妙な——いや、絶妙な街だ。とはいえ、繁華街はいつもそこそこ賑《にぎ》わっているし、交通のアクセスはそれなりに良くて名古屋まで電車ですぐだし、住む分には丁度良い塩梅《あんばい》だ。たぶん。

そんな六々坂で最もホットなスポットである六々坂商店街にオレはあろうことか、クラス一の美少女と放課後デートをするために訪れていた。なんぞこれ。

「えへへ。男の子と一緒に六々坂商店街に来るなんてドキドキ、ワクワクですっ」

隣を歩く元・文学少女、古川葉桜は目を大きく開いて六々坂商店街を見渡した。

広大なアーケード商店街には多種多様の店舗が所狭しと立ち並んでいる。昔ながらのコロッケ屋、SNSでバズって人気になったおにぎり屋、オシャレなフルーツパーラー、年がら年中セールをしている服屋、学校帰りの学生が群がっているカードショップ、異様なオーラを放つレトロゲーム屋……などなど、見所を挙げたらキリがない。

ちなみに、表面的には賑わっている六々坂商店街だが……実は、その中身は残酷なほどに明暗がクッキリと分かれている。

今、オレ達が歩いている北通りは流行を常に取り入れて老若男女《ろうにゃくなんにょ》に愛されて繁盛《はんじょう》しているが、対する南通りは見るも無惨《むざん》に廃れたシャッター街が広がっているのだ。

テナント募集の看板が至るところに掲げられ、くすんだポスターには平成の匂いがこびりついている。老舗の居酒屋と定食屋だけが常連客に支えられてかろうじて息をしている、そんな侘《わ》び寂《さ》びを感じるのが南通りだ。

個人的には南通りの雰囲気は廃墟《はいきょ》を探索しているみたいで好きなのだが……流石《さすが》に放課後デートで訪れるような場所ではないため、今回はスルー一択だ。

「ん～！　歩いているだけでも気分が高まりますね！」

オレとしては女子と一緒に歩いているだけで緊張で吐きそうだし、クラスメイトに見られないかと緊迫感がヤバいのだが……。

「あっ！　ろくろくちゃん！」

薬局の片隅に佇《たたず》んでいる首の長い女の子の銅像を指差し、古川葉桜は和やかな声を上げた。

「こんなところにも置いてあったんですねぇ」

妖怪のろくろ首をモチーフとした六々坂商店街のマスコット、ろくろくちゃん。十年ほど前、市が商店街を盛り上げるために有名デザイナーに依頼したそうなのだが、微妙に気持ち悪いデザインのせいで人気が出ずに終わった悲劇のヒロインだ。

「ろくろくちゃん好きなのか？」

オレの問いかけに古川葉桜は「いいえ！」とキッパリと否定し、制服のポケットからハンカチを取り出した。

「お父さんが筋金入りのろくろくちゃん好きなんです。……ほら！」

そう言って見せてくれたハンカチには銅像とは異なるカートゥーン的なデザインのろくろくちゃんが描かれていた。

「これは！　四年前に限定発売されたろくろくちゃんハンカチじゃないか！」

ネットの画像でしか見たことがなかったレアアイテムを目の当《ま》たりにし、オレは鼻息荒く半ば早口で言葉を続けた。

「ちなみに、このハンカチは元々『ゴーゴーろくろくちゃん』というコミカライズ作品の特典として配られる予定だったんだが……担当漫画家が蒸発してしまってな。おかげでコミカライズ計画も頓挫してお蔵入りしてしまったんだ。しかし、そんな風に悉《ことごと》くプロジェクトが上手《うま》くいかないろくろくちゃんの不幸属性が逆にマニアの心に火をつけて、一部界隈《かいわい》では二次創作がバズったりなんかもして――」

と、そこまで言ったあと、古川葉桜がぽかーんと口を開けて固まっていることに気づき、オレは今更ながら慌てて口をつぐんだ。

「理比斗《りひと》くん、ろくろくちゃんのこと詳しいんですね！　意外ですっ」

「ま、まぁな」

昔、マイナーなマスコットキャラクターに詳しくなれば学校でのイメージアップに多少は繋《つな》がるのでは……と、ろくろくちゃんにハマったことがあるのだ。結果的に、不人気キャラを推すのは逆張りが痛々しい、と更なるイメージダウンに終わったのだが。

って、折角の放課後デート中にろくろくちゃんのことばかり考えるなんて、台無しどころの騒ぎではないぞ！　と、オレは反省すると共に気合いを入れ直した。

……………それにしても、ろくろくちゃんの限定ハンカチ羨ましいなぁ。

けたたましいゲームの音が鳴り響く店内に足を踏み入れ、古川葉桜はこれまで見たことがないくらい表情をピッカピカに輝かせた。もはや、輝かしすぎて実際に発光しているんじゃないかと錯覚するほどだった。

▼　▼　▼

「わーッ！」

二階建てに加えて地下まである大型ゲームセンター・Ｔｏｐｉａ。クレーンゲーム、メダルゲーム、音楽ゲーム、ビデオゲーム、などなど数多くのゲームが設置されている六々坂商店街の中でも上位に名を連ねる人気の遊び場だ。

特に、クレーンゲームは設定がそこそこ甘く、店員の対応も良いためネット上では県内随一の優良店舗として有名だ。

「ゲームセンター初めて入りましたっ！　ふわぁ〜、こんな感じなんですね……すごく、すごい！」

またしても文学少女らしからぬ語彙力のなさを発揮し、古川葉桜は感動を噛《か》み締めていた。口を開けっぱなしにして店内を見渡している姿が——あえて、言葉を選ばずに言うなら――アホ可愛《かわい》い。

「何かやってみるか？」

「はいっ！」

古川《ふるかわ》葉桜は元気よく返事して、近くにあったクレーンゲームに飛びついた。

「わー！　可愛いっ」

お前の方が可愛いよ、とバカップルみたいなことを考えてしまった自分が憎たらしい。

「これ、やってみます！」

景品のウサギのぬいぐるみを見つめ、古川葉桜は意気込んで百円玉を投入した。軽くアドバイスをしようかと考えたが、折角のクレーンゲーム初挑戦に水を差すのはよくないか、とオレは静かに見守ることにした。

「わわっ、惜しい！」

アームがウサギのぬいぐるみを素通りした様子をジーッと眺めながら、古川葉桜は残念そうに微笑《ほほえ》んだ。更に、追加で挑戦してみるもののアームは空振りし「あちゃー！」と情けない声を上げた。

失敗を重ね続けているにもかかわらず、古川葉桜は心の底から楽しそうだった。

「私へタクソですね！　えへへ」

古川葉桜《はざくら》は元気いっぱいに言い放ち、満面の笑みを浮かべた。

「でもでも、すっごく楽しいです！」

「そうか。それは何よりだ」

無邪気に喜ぶ古川葉桜の姿が微笑ましく、オレまで頬がほころんでしまった。

「ふー、満足ですっ！」

ウサギのぬいぐるみを一度もキャッチすることができないまま、古川葉桜は満足そうに頷《うなず》いた。晴れやかな表情から察するに諦めたわけではなさそうだが、財布のチャックを固く閉じてしまっている。

「もう良いのか？」

「はい！　ゲームするの楽しいですけど、やりすぎるとお小遣いがなくなっちゃうので」

「じゃあ、オレが取っても良いか？」

「ほあ？」

古川葉桜は目をパチクリさせて、まぬけな声を漏らした。

「え……こういうゲームって普通、何も取れないようになっているんじゃないんですか？」

「いや、そんなことはないぞ」

クレーンゲームの中を確認し、オレは口元を緩めた。

アームは二本爪。背面にディスプレイされているぬいぐるみの数は残り僅か。メインのウサギのぬいぐるみはおあつらえ向きに大きなタグが付いている。それに加えて、古川葉桜のプレイのおかげでアームの挙動も完全に把握している。……これならイケるだろう。

両替して準備しておいた百円玉を投入し、オレはニヤリと笑った。

「おお……流石、理比斗くん！　一挙手一投足がスタイリッシュですっ！」

古川葉桜のヘンテコな褒め言葉を軽く聞き流しながら、オレは慣れた手つきでアームを操作した。

そして。

「うわーッ！」

ゲームセンターの喧騒《けんそう》を貫くほどの素っ頓狂な声を上げ、古川葉桜はぴょんぴょこ飛び跳ねた。スカートが捲《まく》れ上がってギリギリ見えそうで見えない様子にドギマギしつつ、オレは精一杯に格好をつけて、クレーンゲームの取り出し口からウサギのぬいぐるみを手に取った。

そう、一発で目当てのウサギのぬいぐるみを無事にゲットすることに成功したのだ。使用した金額は百円ポッキリ。我ながら素晴らしい成果に惚《ほ》れ惚《ぼ》れする。

「あわわわわ……こんなの取っちゃうなんて！　しかも百円で！　すごい！　すごい！　すごいですっ！　理比斗くん！」

オトナの女を目指しているとは思えないはしゃぎっぷりの古川葉桜に「ほい」とウサギのぬいぐるみを手渡した。

「え！　い、良いんですか……？」

「オレが持っていてもしょうがないしな。何より、そいつもお前に可愛がられた方がぬいぐるみ冥利《みょうり》に尽きるだろう」

「わわわっ！　あ、ありがとうございますっ！　えへへへ……嬉《うれ》しいです。かわいい……えへ、えへへ」

とろけてしまいそうな甘い笑顔で古川葉桜はウサギのぬいぐるみを優しく抱きしめた。と同時に、古川葉桜の大きな胸にウサギのぬいぐるみがむにゅにゅ！　と押しつけられた光景を目の当たりにし、オレはたまらずゴクリと生唾を呑《の》み込んだ。……こいつ、ぬいぐるみ界の勝ち組だな。平然とした顔でおっぱいに埋もれているのに腹が立ってきた。

「理比斗くんってクレーンゲーム得意なんですね！　カッコいいです！」

「ま、まぁ……昔ちょっと齧《かじ》ったことがあってな」

クレーンゲームが得意になればフランクなイメージがついて嫌われないのでは、と努力したのがまさか役立つとは。あの時は、ゲーセンに入り浸っているなんて女殴ってそうなイメージぴったりだ、と逆に嫌われただけだったのだが……古川葉桜に「カッコいい」と言われたことで昔の努力が報われた気がした。

ほっこりした気分に浸っていると突然——

ぐう〜。

——と、古川葉桜のおなかから可愛らしい音が鳴り響いた。

「あ……おなか鳴っちゃいました」

恥ずかしそうに頬を赤くして、古川葉桜はおなかを押さえて「えへへ……」と苦笑いした。思わず頭を撫《な》でてやりたくなる衝動を必死に抑え込み、オレは平静を装《よそお》ってスマホで時間を確認した。

「時間も良い具合だし、何か食いにいくか」

「はい！　よろこんで！」

オレの言葉に対し古川葉桜は食い気味に賛同し、もじもじとした態度で「実は食べてみたいものがあるんですが……」と口にした。

古川葉桜の提案に対し、オレはビクビクと身構えた。

ただでさえ女子と食事なんて初めてのことなのに、オトナに憧れる元・文学少女が食べてみたいものなんて想像するだけで眩暈《めまい》がする。ハードルの高いオシャレな有名店や、厳格な店主がうるさい老舗だったらどうしよう……。

▼

▼

▼

結論から言うと、ビクビクしていたオレの考えはまったくもって杞憂《きゆう》に終わった。

古川葉桜に導かれて訪れたのは、ラーメン屋だったのだ。

六々坂《ろくろくざか》商店街の片隅にあるラーメン屋・三六《みろく》。ハードルの高いオシャレな有名店でも、厳格な店主がうるさい老舗でも何でもない、ワンコインでたっぷり食べられる昔ながらの大衆店だ。

油でぺたぺたしたカウンターと、くたびれた丸椅子が実に居心地がいい。当然の如《ごと》く、くたくたの漫画雑誌も完備している。客との距離感が適度で無愛想な店主も陰キャには非常にありがたい。

キンキンに冷えた水を飲み干し、オレは安堵《あんど》の息を吐き出した。身構えて考えすぎていた分、余計にスッキリ爽快。まるで、寒い日に熱々の湯船に浸《つ》かったかのような開放感だ。

リラックスするオレとは対照的に、古川葉桜は真剣な表情で割り箸を握りしめていた。

高揚と緊張が入り交じった何とも言えない顔をしているが……どうやら、注文したラーメンが運ばれてくるのを今か今かと待ち望んでいるようだ。

「私、ずっと！　ずっと！　ずーっと！　憧れていたんですっ」

ふんす！　と鼻息を荒くして古川葉桜は目を見開いた。

「けれど、文学少女のイメージを崩さないように努めていたから食べたことがなくて……。ただ、憧れていただけだったんです。それが今日！　この瞬間！　ついに念願が叶《かな》うのですっ！」

古川葉桜は今にも泣き出しそうな感極まった表情で、仏頂面《ぶっちょうづら》の店主が運んできたラーメンと大盛りごはんを迎え入れた。

「ラーメンライスッ！」

そう、古川葉桜が食べてみたいとひたすらに憧れていたものとは、ラーメン単品ではなく、ラーメンとごはんを一緒に食べる悪魔的タッグ！　炭水化物の宴《うたげ》！　人類が生み出した禁断の合成獣《キメラ》！

ラーメンライスだったのだ！

確かに、文学少女がラーメンライスをモリモリと食べていたらイメージが崩れるかもしれない、と危惧するのはわかる気がする。もっとも、オレとしてはそのギャップがたまらなく愛《いと》おしく思えるけれど。

「それでは！」

古川葉桜は死合いに挑む武士の如き迫力で両手を合わせた。これが、裂帛《れっぱく》の気合いというものだろうか……。

「――いただきます――」

凛《りん》と。

割り箸を割ると共に、古川葉桜は決戦の火蓋を切った。

そして、流麗な所作でラーメンライスを食べ始めた。

流麗。

それはきっと、ラーメンライスを食べる表現としては過剰な言葉だろう。相応《ふさわ》しくない、と国語の先生に注意されるかもしれない。それでも、だとしても、オレは古川葉桜がラーメンライスを貪る所作を流麗と言い表したかった。

それほどに、古川葉桜が麺をすする動きは澄み渡る滝の流れのようになだらかで。白米をかきこむ様相は息を呑むほどに勇ましく、威風堂々として麗《うるわ》しかった。

古川葉桜は口の中で麺と米のマリアージュを堪能《たんのう》し、「んぅ～」と甘美な声を上げて悶《もん》絶《ぜつ》した。

「はぁ……おいしいですっ」

どことなく色っぽい掠《かす》れた声色で言い放ち、古川葉桜《ふるかわ》は頬を赤らめた。つぅー、と一筋の涙が頬を伝ったのをオレは見逃さなかった。ずっと憧れ続けていた念願のラーメンライスをやっと食べることができたのだから、感動のあまり涙を流すのも無理はないだろう。もらい泣きしそうになるのを必死に堪《こら》えて、オレも自らのラーメンライスと向き合うことにした。古川葉桜と異なり、ごはんは小盛りだが……それでも相当の重量級のオーラを感じさせる。

麺と米のコンビネーションは悪魔的な美味《うま》さだが、カロリーも悪魔的なのだ。

オレは今のところ太る気配のない痩せ型だが、母親が「油断していたら一気に持っていかれるぞ！」と鬼気迫る表情で言っていたことを思い出し、将来に向けて気を引き締めた。

……とはいえ、ラーメンライスを食う時まで健康のことを気にしていたら本末転倒。そんなことでは気を張り詰めすぎて逆に気疲れしてストレスでやられてしまうだろう。だからこそ、ラーメンライスはお祭り騒ぎの無礼講だ！

半ば無理矢理気味に開き直ったオレは一心不乱にラーメンライスを食べ始めた。

ラーメンライスの美味さは何と言っても麺と米の組み合わせ……だけではない！　チャーシューと米、煮卵と米、メンマと米、そしてスープと米！　更には、ラー油や胡椒《こしょう》を適宜振りかけて味変していけば組み合わせはどんどん広がっていくのだ！

勿論《もちろん》、炭水化物を過剰摂取する罪悪感さえも隠し味のスパイスとして欠かせない。ラーメンだけでも十二分に美味いというのに、それを悪魔的に拡張する白米の罪深さたるや……。いや、罪深いのは白米ではない。真に罪深いのは他でもない、人間だ。こんなものを生み出してしまった人類こそ最も業が深い生き物なのだ……。

そんな業さえもまとめてペロリと貪り尽くし、オレはどんぶりを見下ろした。

あっという間に空っぽだ。

「ふう……」

古川葉桜《はざくら》は食後の水をこくこくと飲み干し、一戦を終えたような満ち足りた表情で爽やかに微笑《ほほえ》んだ。

「ごちそうさまでしたっ！」

感謝の気持ちをたっぷり込めた両手を合わせて、古川葉桜は礼儀正しく頭を下げた。

「それにしても、凄《すさ》まじい食いっぷりだったな。オレは結構、早食いな気質なんだが……まさか同じスピードで食べ終わるとはびっくりだ」

いや、違う。と、オレは真実に気づき、畏怖の感情を抱いて汗を流した。ごはん小盛りのオレに対し、古川葉桜はごはん大盛り……それに加えて、いつの間にか替え玉まで食べ

ていたのだ。

つまり、古川葉桜はオレ以上の早食いであり、とんでもない大食いだったのだ。

こんな小柄な身体《からだ》のどこにどうやって吸収しているんだ、とオレは戦慄《わなな》くことしかできなかった。

「……ん？　学校ではいつも小さい弁当箱でチマチマ食べているんじゃなかったか？」

七三分けメガネ達が話していたことを思い出し、オレは首を捻《ひね》った。

「えへ……あれは、文学少女を演じるために少食のフリをしていただけです。いつも午後の授業中、おなかが鳴らないように必死だったんですよー」

「そ、そうだったのか……」

ラーメンライスも食べられず、小さい弁当箱でガマンしなくてはいけないなんて……人気者には特有の苦労があるというわけか、と古川葉桜の置かれていた立場にオレは同情した。

▼　▼　▼

食後、古川葉桜の行きつけの大型書店・ＬＥＰＲＥを訪れた。

　ＬＥＰＲＥは、商店街の大きな本屋さん、と昔からみんなに親しまれているが……不況のせいか年々、本が置かれているスペースは減っていき、代わりに服飾雑貨や輸入菓子やボードゲームなどが取り扱われるようになっている。このままいけば数年後には本も売っている雑貨屋になっているかもしれない、と生々しいヴィジョンが脳裏を過《よぎ》ってゾッとした。

　そんな失礼なことを考えているオレとは裏腹に、古川葉桜は子供のように目を輝かせて本棚を物色していた。文学少女を辞めてなお、本が好きであることに変わりはないようだ。

「この本屋さん、国内国外問わずＳＦの品揃《ぞろ》えが素晴らしいんですよー」

「へぇ、ＳＦか……。古川葉桜はＳＦが好きなのか？」

「ＳＦも好きです！　私、雑食なので。文学少女だった時はナイショでしたが、小説だけじゃなくて漫画やライトノベルも大好きなんですっ」

　漫画は電子書籍でそこそこ読んではいるが、小説を筆頭に文章媒体はまったくもって馴《な》染《じ》みがない。特に、ライトノベルに至ってはこれまで触れる機会すらなかったくらいだ。

「ラノべって面白いのか？　オレ、読んだことないんだけど……」

「面白いモノも沢山ありますし、面白くないモノも沢山あります！」

　そりゃそうか、とオレは笑い返した。

「そうだ！　今度オススメのラノベを紹介しても良いですか？」

「ああ……そうだな。折角だし、お願いするよ」

今度、という言葉が心の奥底で引っかかったが気にしないことにした。今は今のことだけを刹那的な感情で受け止めておけば良い。

「おっ！」

店内のど真ん中で立ち止まって古川葉桜は驚きの声を上げた。

「どうした？」

「すみませんっ。綾城《あやしろ》先生の特設コーナーがあってテンションが上がってしまいました」

「綾城先生？」

古川葉桜の視線の先を追って見てみると、そこには綾城奏《かなで》という小説家の本を集めて綺麗《きれい》に並べられた特設コーナーがあった。書店員の手書きのＰＯＰやイラストまで取り付けられていて、非常に気合いが入っている。

「綾城奏……どこかで聞いた気がするな」

「今度、映画が公開されるので名前を見たのかもしれませんね！」

そう言って古川葉桜が指差したＰＯＰに『映画化決定！　炭水化物探偵！』と描かれているのを見てオレは納得した。……もしかして、古川葉桜がラーメンライスに憧れていたのはこの本の影響だったりするのだろうか？

「私、綾城先生の本が世界で一番大好きなんですっ！」

棚に並べられている本を一つ一つ慈《いつく》しむような眼差《まなざ》しで見つめ、古川葉桜はうっとりとした声色で言葉を紡《つむ》いだ。

「とても滑らかで穏やかで繊細な筆致……それでいて大胆不敵などんでん返し！　どっぷりと浸れる世界設定！　そして、読み終わったあとの余韻があまりにも最高で……！　心にじんわりと染《し》み渡るまどろみ、と言いますか……！」

大好きな小説家について早口気味に語る古川葉桜はとても幸せそうで、聞いているオレまで幸せのお裾分けをしてもらえるような心持ちになった。

「しかも！　ＳＮＳをしていなくて表舞台に顔を出すこともなく、ミステリアスな雰囲気がカッコいいんですっ！」

拳を握りしめて熱弁したあと、一転して古川葉桜は顔を真っ赤に染めて「あわわっ」と慌てふためいた。

「す、すみませんっ。私ったら、めちゃくちゃ語っちゃって……」

「いや、愛が伝わってきて良かったぞ」

「ホントですか！　えへへ……嬉《うれ》しいですっ」

その後、オススメの本について教えてもらいながら店内をブラブラと歩いていると、雑誌コーナーで古川葉桜は足を止めた。そして、ド派手なギャルが載っている煌《きら》びやかなファッション誌を手に取り、オレの顔を上目遣いで見つめた。

今にも吸い込まれてしまいそうな大きな瞳に挙動不審なオレの姿が映り込む。

「師匠!」

「師匠呼びはやめろ」

周りの客に白い目で見られるだろ。

「お休みの日に、私服について伝授していただけませんか?」

「し、私服?」

「はい! 恥ずかしながら、私服も文学少女っぽいものしか持っていないので……。スタイリッシュな理比斗《りひと》くんに私服をスタイリッシュに選んでもらって私をスタイリッシュにしてほしいんです!」

スタイリッシュって言いすぎだろ。

「いや、しかし、女子の私服を選ぶのは流石《さすが》に……」

服やアクセサリーは確かに好きだが、それはあくまで男物についてだけだ。当たり前だが、女子のファッションについての知識なんてまるでない。そもそも、女子の生態について慣れていない童貞なのだ、どう考えても無理に決まっている。

　ということで断ろうとしたのだが、古川葉桜の真っ直《ます》ぐな眼差しに貫かれてオレは情けなく怯《ひる》んでしまった。

「……か、考えておく」

　とりあえず今はお茶を濁しておこう、と逃げの言葉を放ってそそくさと雑誌コーナーから立ち去ろうとした——その時。

　ぞわっ、と背筋が凍るのを感じた。

　振り向くと……向かいの本棚の陰に隠れて、見覚えのある女子高生二人組がオレ達を覗《のぞ》き見ていることに気がついたのだ。

　クラスの女子達だ。

　しかも、文学少女だった古川葉桜に憧れていたヤツらだ。

　二人はオレ達をジッと見つめたまま、眉をひそめてひそひそと会話をしている。何を喋《しゃべ》っているのかは聞こえないが、その怪訝《けげん》な表情から会話の内容はおおよその予想がついた。

　酷《ひど》く冷たい眼差しと、醜く歪《ゆが》んだ唇。

　つまり、軽蔑。

マイナスの感情を向けられることはオレにとって日常茶飯事だが……しかし、今回ばかりはそうもいかない。その軽蔑はオレだけでなく、古川葉桜《ふるかわ》にまで強く、深く、忌々《いまいま》しく波及しているのだから。

オレと一緒にいるせいで――と、考えかけたところで古川葉桜が小さな声を漏らした。

「理比斗くん……っ」

古川葉桜はオレの制服の裾を弱々しく摑《つか》み、立ち止まった。いや、立ちすくんでいた、と言うべきか……。

そして、古川葉桜は青白い顔をぐにゃぐにゃに歪ませた。それはきっと、今の状況における彼女なりの精一杯の笑顔だったのだろう。しかし、それは笑顔には見えなかった。少なくとも、オレにとっては……古川葉桜の笑顔として相応《ふさわ》しいものではなかった。

ジクジクと胸が痛んだ。

この痛みを訴える感情の正体が怒りなのか、それとも哀《かな》しみなのか、頭の中で探ろうとしたオレに対し、古川葉桜は震える声で呼び止めた。

「……少し、お話をしてもいいですか？」

▼　▼　▼

「幻滅されちゃいましたかね……」

ゲームセンターの向かいにあるベンチに座り、古川葉桜《はざくら》は静かに口を開いた。その声色は放課後デートを満喫していた時よりも遥《はる》かに、トーンが落ちていた。昨日までの文学少女の時よりも更に低く、切なさが滲《にじ》んでいる。

「本屋にいた女子達のことか？」

「はい……」

オレ達の感情とは相反するような心地よい夜風に吹かれ、古川葉桜の長く艶やかな黒髪がふわりと揺れた。

「朝から、ずっと……クラスのみんなから幻滅されているのは感じていたんですけどね……でも、なるべく気にしないようにしていたんです」

言葉を詰まらせながらも懸命に古川葉桜は言葉を続けた。

「けど、さっきの二人はいつも優しくしてくれていたので……二人なら受け入れてくれるんじゃないか、って期待していたんです。だから、思った以上にショックが大きくて……

えへへ。勝手に期待するなんてバカですよね、私」

そう言って、古川葉桜は再び顔を歪ませて無理矢理に笑ってみせた。

またしても胸がジクジクと痛んだ。

周りの目を気にしなくていい……なんて、浅はかな言葉は口が裂けても言うことはできなかった。仮に言えたとしても所詮、ハリボテの言葉。思い詰めている古川葉桜には何の慰めにもならないだろう。むしろ、自分勝手な綺麗事《きれいごと》を押しつけるだけだ。

「…………」

「…………」

お互いに黙り込んだあと……古川葉桜は震える唇をゆっくり動かして開口した。

「少しだけ、自分語りをしてもいいですか?」

「ああ」

躊躇《ちゅうちょ》なく頷《うなず》いたオレに柔らかな笑みを見せ、古川葉桜は言葉を紡ぎ始めた。

「私が文学少女になったのは小学五年生の時でした。……劇的なきっかけがあったわけではなく、休み時間に本をよく読んでいたらクラスの子に、古川さんって文学少女みたいだね、って言われて……何となく、そこから意識し始めたんです」

短いスカートを太ももの上で弄びながら、古川葉桜は淡々と語りを進めていく。

「私、天然でドジなところがあるので……おとなしくしていたら、しっかり者に見えるかな、って気軽に思ったんです」

「確かに、変なヤツだからな」

今日一日を思い返してオレは深く頷いた。

「へ、変って……もう！　ちょっとだけですよ、ちょっと変なだけですっ」

ぷぅ、と頬を膨らませて反論したあと、古川葉桜は少しリラックスした様子で頬を緩めた。

「……始まりはごっこ遊びの延長線でした。おとなしくして、本を読んでいるだけでしたから。でも、次第にみんなが勝手に私をもてはやしてきたんです……。古川さんは喋るのがニガテとか、少食とか、漫画は読まずに硬派な小説一筋とか、古風な性格とか……まるで、みんなが思い描いた理想の文学少女を求めているみたいに」

まるで、ではない。

まさに……だ。

古川葉桜が自らの意思で文学少女になったのではなく、みんなが古川葉桜を文学少女にさせたんだ。現実には存在しないような、物語の中でも古典的な、ご都合主義な偶像として理想を押しつけるために。

「だから、私はメガネをかけて、三つ編みにして、スカートを長くしたんです。みんなが求める文学少女に自分を近づけるために」

そう言って古川葉桜は小さく息を吐き出し、か細い声で心の奥底から本音の言葉を絞り出した。

「幻滅されたくなかったから」

古川葉桜が抱いていたものは強迫観念であり、義務感であり、理想を演じ続けるプレッシャーだった。

それは、嫌われ者のオレには到底理解できない苦悩だった。だからこそ、古川葉桜にかけてあげられる気の利《き》いた言葉は何も思い浮かばず、ただただ歯痒《はがゆ》い思いを噛《か》み締めることしかできなかった。

「……でも、私の心は背反していました。幻滅されたくないにもかかわらず、変化することに恋い焦がれていたんです」

向かいのゲームセンターで楽しそうに笑い合っている他校の生徒達を羨むような眼差しで見つめ、古川葉桜は力なく首を横に振った。

「私も……みんなみたいにオシャレをしたり、放課後に遊んだり、ドキドキする恋愛をしたり、色んなことを体験してみたいな、って……」

そこまで言って言葉を詰まらせ、スカートをギュッと握りしめた。そして、嗚咽《おえつ》交じりの声色で溜《た》め込んでいた思いを一気に吐き出した。

「だって！　私はいつまでも文学少女のままで……っ。垢抜《あかぬ》けなくて、いつも本ばかり読んで、異性がニガテなままだったのに……。なのに、周りのみんなは色んな経験をして、どんどんオトナになっていって……！」

古川葉桜の悲痛な叫びが心の底に強く、深く響き渡った。

「……私だけ置いてけぼりにされたみたいで」

古川葉桜は不変だった。

みんなの思い描く理想の文学少女として、小学生の時から生き続けてきた。しかし、みんなは違った。小学生、中学生、高校生、と成長するにつれ如実《にょじつ》に変化し——オトナになっていった。

……勝手なものだ。

古川葉桜には不変を押しつけておいて、自分達は変化して離れていったのだから——

「——だから、私もオトナになりたかったんです。これ以上、置いてけぼりにされたくなかったから。……それに、このまま架空の文学少女を演じていくと本当の自分が薄まっていきそうで……怖かったんです」

それが古川葉桜が文学少女を辞めてオトナになろうとした真実。決して、『文学』が嫌いになったわけでも、『文学』を裏切ったわけでもない。ただ、古川葉桜は文学『少女』から卒業したかっただけなのだ。

「成程……それで、オレに弟子入りしたってわけか」

オレの言葉にゆっくりと頷き、古川葉桜は寂しげに微笑《ほほえ》んだ。

「理比斗《りひと》くん、今日一日本当にありがとうございました。ずっと憧れていたことを沢山できてすごく楽しかったです。……でも、すみません。クラスのみんなの反応を見たら結局、文学少女じゃない私には何の価値もないことを痛感しました。なので……なので……やっぱり私は文学少女に――文学少女に戻ります。そんな言葉を言わせる前に、オレは勢い任せに立ち上がって開口した。

「葉桜！」

突然のオレの大声に、葉桜は身を強張《こわば》らせて目をパチクリさせた。

「え、え……？　あ、名前……えっと」

勢いのまま名前で呼んでしまった恥ずかしさを無理矢理押し殺し、オレは困惑する葉桜を真っ直ぐ見つめ、震える唇を懸命に動かして精一杯の言葉を吐き出した。

「明日も……そのままで来てくれ」

「え？」

困惑の色が滲んだ瞳が揺れ惑いながらオレを見つめた。

「メガネをかけず、三つ編みをせず、スカートを短くしたまま……文学少女じゃない、今の葉桜のまま学校に来てほしいんだ」

「でも……」

「大丈夫。オレが何とかする」

そう言ってオレは葉桜から視線を外し、背中を向けた。

「オレは一応……お前の師匠だからな」

▼
▼
▼

翌朝、教室に入るや否《いな》やオレは足早に教壇へと向かった。

そして、教壇から教室一帯を軽く見渡した。

クラスメイト達は教壇にオレが立っていることに気づかず——もしくは気にせず、わいわいと盛り上がっている。予鈴が鳴るまであと十数分。幸いなことに遅刻者も欠席者もいなく、一年一組の生徒が揃《そろ》っている。

少し騒々しくはあるが、穏やかな朝の時間だ。……今から、それをぶっ壊すわけだが。

自分の席で所在なさげにもじもじしている葉桜と目が合い、オレは小さく頷いた。

葉桜はオレが言った通り、メガネをかけず、三つ編みをせず、スカートを短くしたままのスタイルで登校してくれている。だから、クラスメイト達は昨日と変わらずにどよめいているし、だからこそ、オレは失敗するわけにはいかないのだ。

「……ふぅー」

静かに呼吸を整えて覚悟を決めて、オレは力一杯に教卓を叩《たた》きつけた。乾いた音が鳴り響き、クラスメイト達の驚愕《きょうがく》と不機嫌が混じった視線が一斉にオレの身体《からだ》を刺し貫いた。

クラス一の嫌われ者が突然、教卓を叩いて注目を集めたのだ。悪目立ちするに決まっている。

心臓が今にも破裂しそうなくらい脈動しているし、呼吸の仕方がわからなくなったし、口の中がカッサカサに乾いてしまった。正直なところ今すぐ逃げ出してしまいたい。けど、それ以上にやらなければならないことがある。

葉桜のために。

いや、葉桜を救いたいと思う自分自身の心と向き合うために。

全身全霊の思いを言葉に代えて、オレは言い放った。

「すまん！　古川《ふるかわ》葉桜がスカートを短くしたのはオレのせいだ！」

オレの第一声にクラスメイト達は困惑した。昨日葉桜が教室に現れた時以上にどよめき、ざわめき、教室全体がぐちゃぐちゃに震撼《しんかん》している。怒りをぶつけるべきか、嘆くべきか、疑うべきか、問いかけるべきか、感情が定まっていない様子だった。

思惑通りだ。

この混乱に乗じればイニシアチブを取れる、とオレは確信した。

「みんなが葉桜《はざくら》に理想を抱く気持ちはオレだってわかる」

やや演技ぶった所作でオレは強く頷き、クラスメイト達への共感を示した。

「何せ、あんなコテコテの文学少女なんて令和の今、アニメや漫画でも珍しいからな。飾り気のないメガネをかけて、地味な三つ編みをして、野暮ったいほどに長いスカートを穿《は》いて、お淑《しと》やかで、奥ゆかしくて、少食で、恋愛経験ゼロで、男性がニガテで、汚《けが》れを知らないイノセントな存在。……まるでファンタジーだ」

不意に七三分けメガネの鋭い視線を感じ、オレは萎縮して怯《ひる》みそうになった。が、震える拳を臆病な心諸共《もろとも》にギュッと握りしめて言葉を繋《つな》げた。

「そんな存在に憧れて、恋い焦がれて、夢を見る。オレも中学生の時にアイドルＶＴｕｂ

erにハマったことがあるから、その気持ちは痛いほど理解できるつもりだ」

生々しく痛々しい感情をたっぷりと込めて、「だけど」とオレは首を横に振った。

「葉桜はアイドルじゃない。みんなに夢を見せることを生業《なりわい》にしているプロじゃない。みんなの理想を体現するご都合主義な神様じゃないんだ！　……だから、理想を押しつけるのはやめにしないか？」

オレは祈るような気持ちでクラスメイト一人一人と視線を合わせていった。目を逸《そ》らされても、睨《にら》みつけられても、構わず我武者羅《がむしゃら》に。

「葉桜は、みんなの期待に応えて……幻滅させないために文学少女を演じていただけなんだ。勿論《もちろん》、本が好きなのは事実だし、びっくりするくらいの読書家だ。恋愛経験ゼロでピュアなことも紛れもない真実だ」

昨日の放課後デートの思い出を脳内で甘く溶かしながら、オレは柔らかい声色で葉桜のことを語り始めた。

「なぁ、知ってるか？　あいつ、実はめちゃくちゃ大食いなんだぜ」

オレの発言にクラスメイト達は一気にざわめいた。ほんのりと頬を染めてぷるぷるしている葉桜が視界に映ったが、心の中で謝罪してオレは言葉を続けた。

「ラーメンライスをモリモリ食っている時の笑顔が最高でさ。麺を勢いよく啜《すす》って、大盛りごはんを貪って、スープを綺麗《きれい》さっぱり飲み干して……見ていて気持ちが良い食いっぷりなんだ。替え玉も二回してたしな」

小さい弁当箱でチマチマ食べているのが小動物っぽくて可愛《かわい》い、と言っていた茶髪の男子は口をポカンと開けて固まってしまっている。安心しろ、大食い小動物もめちゃくちゃ可愛いから。

「ゲーセンでクレーンゲームをプレイしている時は無邪気にはしゃぐし、大好きな本を語る時はテンション高く早口になるし、本当の葉桜はみんなが思う以上に表情豊かで楽しいヤツなんだ」

表情豊かで、変なヤツで、アホで、ああ見えて色々と思い悩んでいる。酷《ひど》く人間臭い。だからこそ、葉桜は無機質な偶像ではない。彼女は一人の、魅力的な人間だ。

「……葉桜は本当の自分をみんなに知ってほしかったんだ。文学少女じゃない古川葉桜という一人の人間として、みんなに受け入れてほしかったんだ。そのために、オレにアドバイスを求めて……メガネを外し、三つ編みをほどき、スカートを短くして文学少女のパーツを一つ一つ取り除いていった」

置いてけぼりにされていた少女から、オトナへと一歩踏み出すために。

「だから、悪い男の影響だとか、汚されたとか、幻滅したとか、否定するような言い方をしないでやってほしい」

オレに弟子入りを申し込んだ時。

文学少女を辞めてみんなの前に姿を現した時。

昨日の夜の商店街で心の内を吐露してくれた時。

きっと、葉桜は途方もない勇気を振り絞っていたはずだ。だから、その思いに応えるために、その思いを伝えるために、オレは心を燃やしてなけなしの勇気を振りかざした。

「オレも、みんなが文学少女を好きなことは否定しない。メガネフェチも、三つ編み好きも、ロングスカートに浪漫《ロマン》を感じることも、まったくもって素晴らしいことだ！　性癖は恥じることじゃないからな！　だが、それを押しつけるのはただのエゴだろう……！」

怒濤《どとう》の勢いで言い放ち、オレは再びクラスメイト達の顔をそれぞれ見つめていった。顔をしかめている男子達、ひそひそと何か会話している女子達、そして、オレのことをまばたきせずにジッと見つめ続けている七三分けメガネ。全員に対し怯むことなく、オレはハッキリとした口調で語りかけた。

「オレのことはいくらでも嫌ってくれ。事実、葉桜のスカートが短くなったのはオレのせいだからな。でも………どうか、あいつの思いだけは受け入れてやってくれないか」

そう言い終えて、オレは教卓にぶつかるくらいの勢いで頭を下げた。

「頼む」

▼　▼　▼

結論を言うと、文学少女を辞めた葉桜はみんなに受け入れられた。

オレの演説のおかげ、と自分で言うのは流石《さすが》にナンセンスだ。所詮、あんなものはちょっとしたきっかけで、軽く背中を押しただけに過ぎない。みんなが受け入れてくれた理由は何よりも、葉桜の本当の性格が愛されやすいものだったからだ。

つまり、葉桜だったからこそだ。

これからは理想を押しつけられることもなく、過剰にもてはやされることもなく、葉桜にとって幸せな学園生活が幕を開ける。すでに、女子の友達が何人かできたらしいし、もはや心配することは何もないだろう。

実に、めでたしめでたし、だ。

「理比斗くん、ありがとうございます」

廊下の窓から差し込む西陽《にしび》に照らされ、葉桜の黒髪がてらてらと輝いた。エモーショナルな見方をするなら、まるで光の中に消えてしまうような……そんな、感動的なシチュエーションを想起させる輝き方だった。

もっとも、消えるのはオレの方で、光の中ではなく闇の中だろうけども。

「でも、ごめんなさい。……私のせいで理比斗くんが余計に――」

「お前のせいじゃないさ」

悲しみに暮れた葉桜の言葉を途中で遮り、オレはニヒルに笑ってみせた。

そう、葉桜がみんなに受け入れられたのとは反比例するように、オレは更に嫌われてしまったのだ。

青臭い主張だったとはいえ、葉桜に関するオレの言葉をみんなは受け入れてくれた。が、それはそれとして、語った内容が余計な反感を買ってしまったのだ。オレのことはいくらでも嫌ってくれ、と偉そうに言い切ってしまったのも悪かったのかもしれない。

葉桜の魅力を語る際、一緒にラーメンを食べたことやゲームセンターで遊んだことまで赤裸々に言ってしまったのが仇《あだ》となり……垢抜《あかぬ》けようと頑張っている美少女の弱みにつけこむ女殴ってそうな男、と思われてしまったというわけだ。

更に加えて、「自分を良い人に見せようとしていて胡散臭《うさんくさ》い」とか「今は善人に見えてもそのうち裏切りそう」とか「人助けすることで自分に酔っているナルシスト」とか、それはもう散々な言われようだ。

好意的に解釈するなら、オレを悪役に仕立て上げることでみんなの心が一つになって、葉桜を受け入れてくれた……と、言えるのかもしれないが。

「理比斗《りひと》くんはそんな人じゃないです、って何度も言ったんですけど……逆に、油断しないようにって注意されてしまって……」

「気にするな。嫌われるのは慣れている」

そもそも、オレの望みは葉桜を受け入れてもらうことだったのだから。それ以上を望むのは贅沢《ぜいたく》だ。むしろ、嫌われ者のオレの言葉が役に立っただけでも奇跡と言って良いだろう。

肩をすくめて歩いていると突然、背後から大きな声で呼び止められた。

「筧《かけい》！」

振り返った先に立っていたのは、昨日今日とで否応《いやおう》でも脳内に焼き付いた印象深い男だった。

「七三分けメガネ！」

文学少女だった葉桜をガチ推ししていたヤツが今更、声をかけてくるなんて。よもや、ハッピーエンドと油断させて、ここから大どんでん返しでも巻き起こすつもりか？　と、オレは戦々恐々と身構えた。

「事実とはいえ、七三分けメガネなんて随分な呼び方だな」

「……す、すまん」

冷や汗を流しながら謝罪したオレに対し、七三分けメガネは「いや、別に責めているわけではないさ」と穏やかに一笑した。

「それに、僕もキミのことを……女性に暴力を振るうクズ、として最悪な偏見を抱いていたわけだからな」

そう言って七三分けメガネは葉桜にチラリと視線を移し、どこか気恥ずかしさが滲《にじ》んだ所作で会釈《えしゃく》をした。

「……古川《ふるかわ》さん。申し訳ないが、少しの間だけ彼を借りても良いかな？」

その問いかけに葉桜はこくり、と頷《うなず》いた。そして、オレに小さく手を振ってからトコトコと走り去っていった。そんな葉桜の一挙手一投足を七三分けメガネは腕組みをしながら眺め、「実に可愛らしい」と満足そうに微笑《ほほえ》んでいた。

葉桜が去って二人きりになったあと、七三分けメガネは柔和《にゅうわ》な笑みを浮かべてオレに手を差し出した。

「改めて自己紹介をしよう。僕の名前は、財前正一《ざいぜんしょういち》だ」

七三分けメガネ——財前が差し出した手を見下ろして、オレは一歩後退《あとずさ》った。清廉潔白、正々堂々！　といった雰囲気を醸《かも》し出しているが、今のオレにはどれもこれも最悪の展開の前フリにしか思えなかった。

「な、何のつもりだ？」

疑念の目を向けられているにもかかわらず、財前は臆することなく悠然と一歩踏み出した。

「単刀直入に言うと、キミと友達になりたいんだ」

「なんだって……？」

葉桜《はざくら》ガチ勢の中でも特に熱量の高かった財前がオレと友達になりたい、だと？　いくら何でも、そんな見え透いた嘘《うそ》に騙《だま》されるわけがないだろう。妙にフランクな態度も余計に怪しいし……。

「そんな怖い顔をしないでくれ。友達になったフリをして復讐《ふくしゅう》をするつもりじゃないか、と怪しんでいるんだろ？　ははは！　安心してくれ、そんなことは断じてない！」

溌剌《はつらつ》とした声で言い切って財前は更に一歩、踏み出した。……いや、顔が近いんだが。

「今朝のキミの熱い演説を聞いて僕は心を改めたんだ。そして何よりも、キミの言葉を聞いている時の古川さんの自然体な表情を見て……全てを理解した」

揺るぎない真《ま》っ直《す》ぐな目でオレを見据えて、財前は晴れやかに言い放った。

「キミは良い男である、と！」

思いがけない発言に面食らったオレにたたみかけるように、財前は頭を深く下げて「申し訳ない！」と謝罪の言葉を力強く口にした。

「容姿や雰囲気だけで……勝手な勘違いで、酷い偏見を抱いてしまったことを心より謝罪する……！　キミは決して、女性に暴力を振るうようなクズではない！」

財前の真摯な言葉が胸に鳴り響き、じんわりと感情が漏れ出しそうになった。が、それ以上に頭を下げたまま謝り続ける姿が見ていられなくなり、オレは「お、おい！　もう良いから！　頭を上げろって！」と慌てふためいた。

それでも身動《みじろ》ぎしない財前の後頭部を見下ろし、オレは恐る恐る言葉を連ねた。

「けど……お前……葉桜のこと、好きだったんだろ？」

オレの問いかけに一拍の間を置き、財前はゆっくりと開口した。

「……ああ、そうだ。勿論《もちろん》、古川さんと付き合えるなんてことは到底思ってはいなかったが、それはそれとして夢を見ていたのは事実だ。それは他人から見たら幼稚な妄想かもしれないが……僕にとっては、とろけるような甘い夢だった」

頭を下げ続けているせいで財前の表情は見えないが、それでも、微《かす》かに震える声色から感情の機微が痛いほど伝わっていた。

「だからこそ、古川さんが文学少女を辞めたことはショックだった。醜い嫉妬の炎に身を焦がすほどに。おかげで昨日一日、自己嫌悪《じこけんお》でどうにかなりそうだったよ。……そんな僕を救ってくれたのがキミの演説だった。自分が嫌われようとも古川さんのために行動するキミの姿が僕の心を浄化してくれたんだ」

ゆっくりと頭を上げて、財前は朗らかに笑った。その笑顔には嘘偽りも、オレを貶《おとし》めるような悪意もまったく見当たらなく、清々《すがすが》しさに満ち溢《あふ》れていた。

財前は乱れた前髪を手櫛《てぐし》で綺麗《きれい》に整えて、見事な七三分けを形作った。

「そして、僕はこの七三分けの如《ごと》くキッチリと決断したんだ。大好きだった推しが選んだ道ならば全力で応援し、心より祝福しよう、と」

「……随分、オトナなんだな」

「格好をつけているだけさ。古川さんと仲良くしているキミのことが腹の底では羨ましくて仕方がないからね」

そう言って財前が見せた表情は嫉妬の色が見えない爽やかな笑顔だった。

「……すまん」

絞り出すように言ったオレの謝罪の言葉を「キミが謝る必要はないさ」と軽く受け流し、財前は首を横に振った。

「キミのことは羨ましく思ってはいるが、恨んではいない。……何より、僕はキミと友達になりにきたんだからな」

そうして財前が再び差し出してくれた手を今度こそしっかりと握りしめて、熱く固い握手を交わした。熱血漢の財前らしく、手のひらはびっちょりと汗ばんでいた。

「ありがとう……財前」

自然と顔が綻んでいることに気づき、オレは照れ隠しに咳払《せきばら》いをしてそっぽを向いた。

「僕はキミに感化されて、古川さんの幸せを祈ることを決断した。……しかし、これはあくまで僕の選択だ。みんながみんな、そうじゃない。人の心はグラデーションだからね。好きとか、嫌いとか、誰しもがキッチリと決断できるような単純な問題じゃないんだ」

先程までの仰々しい暑苦しさとは異なる冷静な口調で財前は言葉を続けた。

「だから……古川さんの変化を受け入れつつも、文学少女だった頃の方が良かったと陰で嘆いている者もいる。別のクラスの女子に推し変した者もいる。キミのことを恨んでいる者だって当然いる」

オブラートに包まない財前の赤裸々な言葉にオレは何と返せば良いのかわからず、ただ静かに頷くことしかできなかった。

「彼らのことを受け入れてくれとは言わない。理解してくれとも言わない。……ただ、酷《ひど》

く軽蔑はしないであげてほしいんだ。彼らには彼らの痛みがある。綺麗事《きれいごと》や正論では語れない、彼らの夢があったんだ」

言い終えた財前は目を伏せて「勝手なことを言って申し訳ない」と付け足した。

夕陽《ゆうひ》に照らされて神々《こうごう》しく煌《きら》めく財前のメガネを見つめ、オレは少しの間、物思いに耽《ふけ》った。

「…………」

自分の中ではとっくに風化してしまっていた炎の記憶が蘇《よみがえ》り、ギチギチと心臓が軋《きし》んだ。

「……中学の時に推していたＶＴｕｂｅｒが色恋沙汰で炎上したことがあったんだ。だから、何となくわかるよ」

オレ自身、そのＶＴｕｂｅｒに恋愛感情を抱いていたわけではないし、財前ほどの熱量があったわけでもない。ただ、ぼんやりと好きだっただけで……そこに物語はない。語るべき思い出も存在しない。

それでも、あの時のグチャグチャの感情は一筋縄ではいかないものだった。何より、他のファン達の絶望を目の当《ま》たりにしたことで痛感した。

人の心はグラデーションどころではない。

むせ返るほどに生臭く、吐き気を催すほどに面倒臭い、グツグツと煮え滾《たぎ》るヘドロだ。

だからこそ――

「――推しの幸せを祝え、なんて言葉は無責任な理想の押しつけだ」

オレの吐き出した重苦しい言葉に財前は穏やかな笑みをこぼした。

「ありがとう、筧。やはり、キミとは良き友になれそうだ」

そう言って微笑む財前の顔を一瞥《いちべつ》し、オレも同じ気持ちで頷いた。

▼　▼　▼

財前と連絡先を交換して別れたあと、葉桜が和やかな笑顔で走ってやってきた。どうやら、図書室で時間を潰して頃合いを見計らって戻ってきてくれたようだ。

「すまん、だいぶ待たせてしまった」

「いえいえ！　むしろ、良かったですっ。だって、財前くんとお友達になったんですもんね！」

はしゃぐ葉桜とは対照的にオレは「まぁな」と何でもないことのようなローテンションで頷いた。しかし、内面では小躍りしたくなるほどの歓喜で満ち溢れていた。

友達……！　なんて甘美な響きだろう！　ああ、まさかこのオレに友達ができる日が来るなんて！　高校三年間も嫌われ者として過ごすしかないと諦めていたから、ハチャメチャに嬉《うれ》しい……！

って、いかん！　いかん！　このままでは油断して気持ち悪いニヤけ面が垂れ流しになってしまいそうだ。と、葉桜に軽蔑されないようにオレは気を引き締めた。

「えへへっ。理比斗《りひと》くんがハッピーで何よりです！」

「ああ、良いハッピーエンドだ」

オレはゆったりと首肯し、軽い素振りで手を振った。

「またまた〜、何を言っているんですか！　ここからがスタートですよっ！」

「……スタート？」

「はい！　私はまだまだお子様なので、オトナになるためにもっともっと伝授してもらいたいことが山ほどありますから！」

想定していなかった葉桜の発言にオレは困惑し、慌てふためいた。心臓が妙な音をたてて高鳴っている。心なしか体温も上昇している気がした。

「ちょ、ちょっと待て！　オレはもう、お役御免だろ？　お前も文学少女を辞めて、みんなに受け入れられたんだし……それに女子の友達も何人かできたのなら、そいつらに色々と教えてもらった方が効率的だろ？」

「それはそれ、これはこれですっ！　私の師匠は理比斗くん以外にありえませんから！」

そう言って葉桜は上目遣いでオレの顔を覗《のぞ》き見て、太陽の如きピッカピカの笑顔を輝かせた。……ううっ、反論の余地がない無敵の笑顔だ。

「というわけで、今後とも末永くよろしくお願いしますね！　師匠！」

ぺこり！　と元気よくお辞儀した葉桜を見て、オレは唇を緩めて穏やかに微笑《ほほえ》んだ。師匠と呼ばれることはこそばゆいし、そもそもオレ自身がオトナじゃないし、色々とツッコみ始めればキリがないが……それこそまさに、それはそれ。これはこれ、だ。

人の心はグラデーションどころではないのだから。

このよくわからん関係性も気にせず丸ごと呑《の》み干してしまえば良いはずだ。

「ああ。こちらこそ、よろ――」

と、オレが言いかけた、その時。

「きゃ――――――ッ！」

凄《すさ》まじい声量の悲鳴が耳をつんざき、廊下に響き渡った。

「な、なんだ……？」

耳を押さえながら何が起きたのか辺りを見回すと、奇妙な物体がドタバタと走ってくるのを発見した。それは、遠目から見ただけでは金色と水色を纏《まと》った小さな影にしか見えなかったが……やがて、オレ達の元に近づいてくるにつれ、正体は明らかになっていった。

それは、ギャルだった。

全力疾走しているギャルだった。

「ぜぇー、はぁー。ぜぇー、はぁー」

そのギャルはオレ達の前で足を止め、今にもぶっ倒れそうな様子で呼吸を整えている。

さっきの悲鳴といい、死に物狂いの走り方といい、余程の事があったのだろうか？　と、オレはそのギャルの姿を恐る恐る観察することにした。

鮮やかな水色のメッシュのふっわふわの金髪。バッチリと決まったメイク。小柄な体躯《たいく》に一際《ひときわ》目立つ大きな胸。メッシュと同じ水色のぶかぶかサイズのパーカー、そして……葉《は》桜《ざくら》以上に短く、目のやり場に困る極限のミニスカート！

その特徴的な外見を、オレは知っていた。

いや、オレだけに限らず鷹柳《たかやなぎ》高校の一年生は誰しもが知っている。それほどの有名人であり、かつての葉桜と負けず劣らずの人気者だ。

姫垣《ひめがき》真《ま》唯《ゆい》。

通称・ひめマユ。

隣のクラスで人気のギャルだ。

「………………」

陽キャの頂点に君臨するひめマユがオレ達に何の用だ？　と、オレはガクガクと震える膝を必死に押さえて身構えた。葉桜の放つ太陽の如き元気オーラとはまた異なる、陽キャ特有のギラギラしたオーラが身体《からだ》に毒だ……。葉桜と一緒でなければ、そそくさと逃げ出していたことだろう。

「は、葉桜ちゃん……何その格好？」

ひめマユは大きな目をギョッと見開いて、葉桜の姿を凝視した。

「ねぇ！　メガネはどうしたの？　三つ編みはどうしちゃったの？　というか、スカート短すぎだよっ！」

「えへへ」

ただならぬ気迫のひめマユに対し、褒められていると勘違いしたのか葉桜は嬉しそうにはにかんだ。……二人の間の温度差がすごすぎて挟まれているだけで風邪を引いてしまいそうだった。

「理比斗くんにアドバイスしてもらったんです！」

「……理比斗くん？」

今になってオレの存在に気がついたようで、ひめマユは整った顔をぐにゃりと歪《ゆが》めた。

「成程。……あんたが、噂《うわさ》の筧《かけい》理比斗！」

隣のクラスにまで悪名が鳴り響いているのか、とオレはげんなりした。きっと、尾ひれはひれがついて目も当てられないクソみたいな噂になっているんだろう……。

「ああ～、もう！　やっぱり、男子って最低！」

憤慨するひめマユを諭すため、勇気を振り絞ってオレは一歩踏み出したのだが——

「ま、待て！　色々と誤解がある——」

「うっさい！」

——ひめマユに凄まじい目力で睨《にら》みつけられて、オレはビクビクッと震え上がって、情けなく一歩後退《あとずさ》ることしかできなかった。……葉桜よりも小柄なのにもかかわらず、とてつもない迫力だ。少しでも気を抜けば気絶してしまいそうなほどの覇気を感じる。

「あんたのせいで葉桜ちゃんが汚《けが》されたッ！」

オレの顔を指差し、ギャルらしからぬ鬼の形相でひめマユは「あんたはあたしの敵だから！」と怒りの言葉を吐き出した。

それは、宣戦布告だった。

第二話「下着の方のパンツです」

夢心地の頭の中に懐《なつ》かしくも忌々《いまいま》しい光景が鮮明に蘇っていく。

それは――これ見よがしに桜が舞い躍る入学式の日の記憶だった。

その日のオレは高校の入学式という晴れ舞台にもかかわらず、いつも以上にコソコソしていた。中学校からの知り合いに出くわさないように、入学式早々に嫌われてしまわないように、細心の注意を払って入学式会場の体育館に向かっていたのだ。

しかし、人だかりを避けすぎて変な道を通ってしまったせいでオレが辿《たど》り着いたのは、目的地の反対側。雑草が生い茂る体育館裏だった。

入学式に迷子だなんて幸先《さいさき》が悪いな……と、ため息を吐き出した、その時。

「あ」

体育館裏のフェンスに女子高生が引っかかっているのを発見してしまった。

何だあれ……。

よくよく観察してみると、フェンスから飛び出した鉄線にスカートが引っかかり、身動きが取れなくなっているようだった。それにしても、フェンスに女子高生が引っかかっている光景はギャグ漫画のシュールな導入のようにヘンテコな絵面だ。

どうやったらそんなことになるんだ？　そもそも何故《なぜ》こんなところにいるんだ？　入学式までもう少しだぞ？　と、疑問がポコポコと湧き上がってくる。

オロオロしている様子から察するに、どうやら一人では何ともならないらしく、青ざめた表情には半ば諦めの色が混じっている。

「……くっ」

困っている相手を助けたところで、ろくな目にあわないことは経験上わかりきっている。小学校の時も、中学校の時も、何度も痛い目を見て理不尽に嫌われてきた。だから、このまま見て見ぬフリをして逃げ出すのが正解なのだ。

しかし。

それで不幸を免《まぬが》れるのはオレだけだ。

見捨ててしまったら、フェンスに引っかかっている女子はどうなる？　こんな辺鄙《へんぴ》な場所に誰かが助けにくる可能性は少ない。それに、このままでは入学式に間に合わなくなってしまうだろう。

一生に一度の高校の入学式をフェンスに引っかかったまま過ごさせるなんて、あまりに気の毒だ。

……逡巡《しゅんじゅん》の果て、オレは一つの答えを選び取った。

このまま見捨てたらオレは後悔する。折角の入学式を最悪の気分で過ごすことになるだろう。それなら、いっそのこと嫌われ者の烙印《らくいん》を押された方が遥《はる》かにマシだ。どうせ、嫌われるのは慣れている。

「……大丈夫か」

意を決してオレはフェンスに引っかかっている女子に声をかけた。なるべく、女殴ってそうだと思われないように顔を伏せて、目を合わさないようにして。そんなことをしても無駄なことはわかっているが、オレなりの小さな抵抗だ。

「オレが何とかするから、ジッとしててくれ」

女子が頷《うなず》いて了承してくれたのを確認し、オレは震える指先でスカートに触れた。

スカートを触るなんて、初めての出来事だった。万年灰色の青春を送り続けてきたオレにとって人生最大のビッグイベントだ。しかし、だからこそ！　下手に煩悩《ぼんのう》を刺激して暴走しないように心の温度を低くして、機械のようにスカートを捲《めく》っていった。

もはや、この瞬間のオレはスカート捲り専用のロボットだった。

スカートを捲っていることを意識しないように、パンツを見てしまわないように、太ももを視界に入れないように、身体に触れてしまわないように、怪我《けが》をさせないように、スカートを破らないように……と、ひたすら細心の注意を払って鉄線を引き剝がしていく。

「すまん……すまん……」

事情が事情とはいえ、スカートを捲ってしまっている罪悪感のせいでオレは女子の顔を見ることはできなかった。緊張のあまり手汗がスカートに滲《にじ》むことも酷《ひど》く申し訳なかった。さっさと終わらせて逃げ出したい、その一心でオレはスカートとの格闘を続けた。

それは、実際のところ五分程度の出来事だったのだろう。だが、オレにとっては途方もない無限に等しい時間に思えて仕方がなかった。

そして、死に物狂いの努力がついに報われ、スカートに絡《から》みついていた鉄線を無事に引き剝がすことに成功した。

事件が起きたのは、その時だった。

体育館裏に数人の女子生徒がやってきたのだ。……あとで聞いた話によると、入学式に来ていないオレ達をクラスメイトが善意で探しに来てくれたようだった。しかし、このタイミングは最悪にもほどがあった。

あろうことか、オレが女子のスカートをつまんでいる状態を目撃されてしまったのだ。

言わずもがな、女子生徒達の表情は嫌悪《けんお》と侮蔑の色に染まり果てた。

それからはいつもの流れだった。

女殴ってそうな男が、気の弱そうな女子のスカートを無理矢理捲っていた。……という、根も葉もない最悪の噂がクラス全体にあっという間に広がってしまった。

その後、教師の仲裁によってオレがスカートを捲っていたことには理由があった、と弁明はできたのだが……。一度植え付けられたマイナスイメージは払拭《ふっしょく》することができず、オレは入学式早々クラスメイト全員に嫌われることになったのだ。

▼　▼　▼

「筧！　おい、筧！」

ゆさゆさと全身を揺さぶられながら、オレは桜舞い散るまどろみの中から目を覚ました。

「随分、うなされていたが大丈夫か？」

隣の席に座っている七三分けメガネの男子、財前《ざいぜん》を一瞥《いちべつ》してオレは軽くあくびをした。

どうやら、休み時間に寝たフリをしていたらそのまま眠ってしまっていたようだ。

「ああ……ちょっと嫌な夢を見てしまってな。もう大丈夫だ」

忌々しいトラウマをリアルに再現した悪夢を思い返し、オレは苦笑した。そして、教室の後ろの方で数人の女子達と仲良く談笑している葉桜《はざくら》を発見し、ホッと胸を撫《な》で下ろした。

葉桜が文学少女を辞めて、みんなに受け入れられてから三日が経《た》った。

メガネをかけず、三つ編みをほどき、スカートを短くした葉桜の姿はすっかり見慣れていた。……いや、ムチムチの太ももが眩《まぶ》しく、時折チラチラとパンツが見えてしまうスカート丈だけは未《いま》だに慣れてはいないけれども。

葉桜との奇妙な師弟関係も良好に続いている。三日連続で放課後デートを楽しんでいるくらいだ。と、いってもオレのアドバイスが役に立っているのか、そもそも放課後デートをすることでオトナになることができるのかは未だにわからないことばかりだが。

それはそれ。

これはこれ。

葉桜が無邪気に楽しんでくれるのなら何だって良い。何より、オレ自身が最高に楽しくて満たされているわけだし、ＷｉｎＷｉｎの関係性だ。……たぶん。

「それにしても、キミはうたた寝している姿までスタイリッシュだな」

「……うぐ」

財前に指摘されて初めて、自分が無意識的に頬杖《ほおづえ》をついて足を組んでいたことに気づき、慌てて座り直した。むやみやたらに格好をつけているつもりはないのだが……こういうところにナルシスト感を見出《みいだ》されて女殴ってそう、と思われてしまうのだ。

気をつけないと……と、反省していると不意に、刺々《とげとげ》しい視線を感じて身を震わせた。

どうやら、教室の片隅でたむろしている男子達がひそひそと陰口を叩《たた》いているようだ。

「あいつ、幼女を木の上から突き落として泣かしていたらしいぜ」

「女子供に容赦なしかよ……こえー」

事実がベースになっているせいで妙に生々しいのがやるせない。

「この前の演説はちょっと胸に響いて感動しちゃったんだけどなぁ」

「けどさぁ、よくよく考えたら教室で演説するのって痛くね？　自分のことを青春映画の主人公だと勘違いしてるみたいでさ」

うぐぐ……心の柔らかい部分をグサグサと突き刺してくるのはマジでやめてくれ。

「気にするな、筧《かけい》」

財前は陰口を叩いていた男子達を鋭い視線で睨みつけて威嚇したあと、穏やかな表情で優しくオレに声をかけてくれた。何だコイツ、聖人か？

「……気にしていないさ。嫌われるのは慣れているからな」

「そうか」

オレのいつもの返しに財前は軽く息を吐き出し、「やれやれ」と肩をすくめた。

「友人達にキミの良いところを伝えて回っているんだが……」

「……なんだよ、それ」

「いわゆる、ポジティブキャンペーンだ。残念ながら、現状は効果がほとんど出ていないけどね。だが、しかし！　継続は力なり！　今後ともコツコツ続けていけば何とかなるはずさ！」

白い歯を見せてニカッと笑う財前を白い目で見つめ、オレは首を横に振った。財前が悪いヤツではないことは知っている。都合の良い偽善者でないこともわかっている。それでも……いや、だからこそ――

「そんなことをしても効果がないどころか逆効果だ。財前、お前まで嫌われてしまうぞ」

「それで嫌われてしまえば、そこまでの友情だっただけさ。箟が気にすることじゃない」

爽やかに笑う財前の優しさに感謝しつつ、オレは申し訳なく思った。だが、これ以上ごちゃごちゃ言ったところで、七三分けの如《ごと》くキッパリした性格の財前には無駄だろう。と、悟ったオレは話題を無理矢理に変えることにした。

「なぁ、財前。隣のクラスで人気のギャルのことを知ってるか？」

「ひめマユのことか？」

「ああ」

三日前にオレに宣戦布告した金色と水色のギャルの顔を思い浮かべ、オレは顔をしかめた。葉桜の変化をクラスメイト達に受け入れてもらったと安心していたところで、まさか隣のクラスのギャルが批判してくるとは……。

「古川《ふるかわ》さんの次はひめマユに手を出すつもりか？」

「そ、そんなわけあるか！」

そもそも葉桜にも手を出した覚えはない！

「はははは っ！ わかっているさ。キミは案外、誠実なヤツだからな」

誠実どころかゴリゴリの童貞なんだが。と、オレは心の中で悲しいツッコミを入れた。

友達の財前とはいえ——いや、友達の財前だからこそ、童貞だということは打ち明けていない。女殴ってそうな見た目のくせに童貞だと知られたら、どう思われてしまうかわからないから余計に怖いのだ。勿論《もちろん》、財前が良いヤツであることはわかっているが……こればかりは、昔から染《し》みついている癖のようなものなのでどうしようもない。

「姫垣《ひめがき》真唯《まゆい》、通称・ひめマユ。彼女はいわゆる、オタクに優しいギャルだ」

財前はメガネをキラーンと光らせて、ひめマユの解説を活《い》き活《い》きと始めた。

「僕のようなオタクでも、陰キャでも、誰であろうと分け隔てなく話してくれるフランクな陽キャ！　理想から飛び出してきたようなギャル！　それが、ひめマユだ！」

そんな優しそうなヤツに宣戦布告されてしまったのか、オレは。

「ひめマユはかつての古川さんのように、クラスメイト達からの人気が非常に高い。当然、オタク人気も勿論だが、それ以上に女子からの人気が高いんだ」

かつての古川さんのように……。財前のその言葉が妙に引っかかり、オレは眉をひそめた。ざわざわと胸騒ぎがするが、今はあえて気にしないことにした。

「古川さんとひめマユの大きな違いは恋愛経験だ。古川さんが恋愛経験ゼロでイノセントだから人気があったのとは対照的に、ひめマユは恋愛経験豊富でアダルティーなところが人気の秘訣《ひけつ》なんだ」

アダルティー？

不思議の国のアリスを思わせる金色と水色のカラーリングに、ドタバタと全力疾走する姿からは想像だにしないイメージだ。感情的な部分も含めて、オトナというよりも子供っぽい気もするが……。

「ひめマユは小柄で可愛《かわい》らしい見た目をしているが……彼女の魅力の最たるものはアダルティーなギャップなんだ。豊富な経験を活かして恋愛相談に乗ってくれたり、常に流行の最先端を取り入れてみんなを導いてくれたり、とみんなのお姉さん的存在なのだよッ！」

早口でまくしたてたあと、その勢いに乗せて財前は立ち上がり高らかな声で吠《ほ》え叫んだ。

「それに何より！　大きなおっぱいがアダルティーだッ！」

財前の暑苦しい大声が教室中に響き渡った。

そして、何故《なぜ》かオレまで財前諸共《もろとも》にクラスの女子達から一斉に白い目で見られてしまった。嫌われるのは慣れているとはいえ……葉桜にまで白い目で見られたのは流石《さすが》に堪《こた》えるものがあった。

▼

▼

▼

日曜日の朝八時にオレは一人、六々坂《ろくろくざか》駅前にぽつねんと立ち尽くしていた。

今日は何と、ショッピングモールに葉桜のオトナっぽい私服を買いに行くことになっているのだ。日曜日に、朝から電車で買い物に出かける。……それはつまり、実質的に休日デートと言っても過言ではない。いや、デートと言ってもオレ達は恋人同士ではないわけだし、いつも放課後に遊んでいることの延長線であるからして――。

――と、いつまでも言い訳を並べてウダウダしていても仕方がないので、オレはクールダウンするためにスマホを取り出した。

好きな配信者がやっていたクソゲーをプレイして時間を潰そうか、と考えたのだが……こんな良い天気の日曜の朝にやるものでもないだろう、と思いとどまった。

とりあえず、電車の時刻表とショッピングモールのマップを確認することにした。無論、昨日の夜遅くまで何度も何度も入念にチェックしたのだが、万が一に備えて虱潰《しらみつぶ》しに再確認しておくに越したことはない。

葉桜にとって折角の休日デートなのだ。オレのミスでガッカリさせるわけにはいかない。

それに、遅刻しないように早く来すぎたせいで待ち合わせ時間まで一時間近くある。たっぷりと予習をして、少しでも心の余裕を作っておくには丁度良い。

と、油断した矢先。

「理比斗《りひと》くん！」

背後から元気いっぱいに声をかけられて、驚きのあまり思わず飛び上がってしまった。

「おはようございますっ！」

バクンバクンと高鳴る胸を押さえながら振り返ると、快晴の空よりも遥《はる》かに爽やかで輝かしい笑顔の葉桜が立っていた。

「あ、ああ……おはよう」

開幕早々、葉桜の勢いに呑《の》まれてオレはもたもたと挨拶を返した。

葉桜は日曜日にもかかわらず、ドキッとするスカート丈の制服姿だった。文学少女っぽ

い私服しか持っていない、と以前言っていたことを思い出し、オレは納得した。……とは

いえ、文学少女っぽい私服姿の葉桜も一度は拝んでみたいものだが。

「わわわっ！」

葉桜は驚いた様子でオレの全身を見回して、短いスカートをヒラヒラと揺らした。

「理比斗くんの私服、すっごくカッコいいです！　カジュアルでシンプルなデザインなが

ら も、一つ一つのアイテムに拘《こだわ》りを感じるのが素敵です！　学校の時よりもアクセサリー

の数が多いのもスペシャルです！　まさに、スタイリッシュの極み！　スタイリッシュオ

ブスタイリッシュです！」

古着屋で買ったお気に入りのオーバーサイズのTシャツと、ワンポイントの刺繍《ししゅう》がイ

カすスキニー。アクセサリーはいつもの無骨なピアスと指輪に加えて、シンプルなデザイ

ンのネックレス。……という今日のファッションポイントを全て見抜かれ、ものすごい勢

いで褒めちぎられて、オレはたじたじになってしまった。

「あ、ああ……」

ファッションを褒められた嬉《うれ》しさと恥ずかしさでオレは素直に感謝の言葉を口にするこ

とができず、たどたどしい動きでぎこちなく会釈《えしゃく》をすることしかできなかった。

「と、ところで……まだ待ち合わせ時間じゃないが、どうしたんだ？」

「楽しみすぎて早く来ちゃいました！　えへへ。……あ！　もしかして、理比斗くんもですか？」

「え、あ、ああ……まぁ、そんなところ、かな」

しどろもどろになりながら、オレは適当にお茶を濁すことにした。遅刻するのが怖くて早く来すぎた、と正直に言うよりかはまだ格好がつくだろう。

「ふふっ、理比斗くんと同じ気持ちで嬉しいです！」

……うっ。下手な嘘《うそ》をついたせいで罪悪感ががががが。朝の八時に浴びる葉桜《はざくら》の満面の笑みは眩《まぶ》しすぎて身も心もドロドロに溶けてしまいそうだ。

「良いことを思いつきました！」

両手を勢いよくパチンと叩き、葉桜は無邪気にジャンプした。……ああ、またスカートが捲《まく》れてパンツが見えそうでハラハラする。

「ラーメンを食べませんか？」

あまりにも突飛な提案にオレは一瞬、思考が停止した。

ラーメンを食べませんか？　と、確かに聞こえた気がするが……聞き間違いだろうか。

変わり者の葉桜とはいえ休日デート一発目に、しかも、こんな朝早くにラーメンを食べたいと提案するなんて流石にあり得ないだろう。

「……」

疑惑の念を抱いて恐る恐る葉桜の顔を一瞥《いちべつ》すると、びっくりするほどニコニコと煌《きら》めく笑みを浮かべていた。……あ、これオレの聞き間違いじゃないな。と、オレは葉桜の変わり者っぷりを甘く見ていたことを痛感した。

「実は、駅の近くに朝からやっているラーメン屋さんがあるんですっ！」

「ああ……六々亭《ろくろくてい》か」

「流石、理比斗くん！　物知り博士ですね！」

中学生の頃、地元に詳しくなりすぎて……地元愛が強い田舎のチンピラみたい、と言われたことがフラッシュバックしてオレは苦笑いした。

「しかし、朝からラーメンか……」

「腹が減っては戦ができませんから！」

合戦に臨む武将の如き勇ましさで葉桜は高らかに言い放った。

「今日一日たっぷり楽しむためにも朝ラーメンでガッツリとスタミナをつける、というわけですっ！」

「……確かに、一理あるな」

葉桜の理屈に納得し、オレは「ふむ」と頷《うなず》いた。

今日は丸一日たっぷりデート。つまり一日中、葉桜と一緒にいるということだ。恋愛関係ではなく師弟関係だから変に意識する必要も心配もないのだが……とはいえ、童貞根性丸出しでドギマギしてしまうのは目に見えている。すでに、現時点で葉桜の突拍子もない言動に振り乱されているわけだし。

朝からガッツリと食べてスタミナを溜《た》め込んでおくのは悪くないだろう。

「よし。電車が来るまで時間はあるし、食いに行くか」

「やったぁ！」

朝ラーメンをオレが了承したのが余程嬉しかったのか、葉桜は先程よりも激しくジャンプしてヘンテコなリズムでぴょんぴょこ飛び跳ねた。

「お、おい！　スカート！　スカートが捲れるゾッ！」

「あわわわわ～っ！」

オレの切羽詰まった指摘を聞き、葉桜は顔を真っ赤にしてスカートの裾を押さえつけた。

よくわからん武士道を重んじているせいでスパッツを穿《は》いていないのだから、少しは気をつけてほしいものだ。

その布は男子の心をいとも容易《たやす》く邪《よこしま》な衝動に突き落とす魔性を孕《はら》んでいるのだ。目の前でチラチラされたらたまったものではない。

……いや、大変眼福だけれども。

「あ、あの……見えちゃいました？」

「うぐっ……え、えーと、ギリ……ギリギリ見えなかった、と思う……たぶん」

何やら白いモノがチラッと見えた気がするが、お互いのために見間違いだと思っておくことにした。

「ほっ。それなら良かったです！　安心しました！」

スカートを押さえたまま安堵《あんど》の息を吐き出したのと同時に、ぐぅ～！　と、葉桜のおなかからまぬけな音が鳴り響いた。

「安心したらおなか鳴っちゃいました。えへ」

はにかむ葉桜のあどけない可愛さに思わず頬が綻んでしまい、オレはニヤけ面がバレないように口元を慌てて手で覆い尽くした。

「雑誌で読んだんですけど、六々亭のオススメはさっぱり塩ラーメンなんですよねっ。私、塩ラーメンってあまり食べたことがないのでワクワクです！」

「あそこの塩ラーメンは絶品だからな。……あ、そういえば今の時間ならライスは無料だけど、どうする？」

初めての放課後デートでラーメン屋に行って以来、葉桜はラーメンライスが大好物になっていた。デートでラーメン屋に行くのは定番になっているほどだ。しかし、流石の葉桜も朝からラーメンライスはどうなのだろう、と問いかけたわけだが――

「もちろん、ラーメンライス大盛りで！」

――愚問だったようだ。

▼　▼　▼

六々亭で朝ラーメンをたらふく食べてスタミナを溜め込んだあと、オレ達は予定通りの電車に乗って目的地に向かった。

ちなみに、葉桜は大盛り塩ラーメンの替え玉を一回、大盛りごはんのおかわりを二回していた。朝でもお構いなしの相変わらずの気持ちが良い大食いだった。

それにしても、毎日毎日こんなに食べて太ったりしないものなのだろうか？　運動音痴と言っていたし、そこまでカロリーを消費しているようには見えないが。と、電車の揺れに合わせて、ぽよよんぽよよんと制服越しにも揺れ動く大きな胸を一瞥してハッとした。

もしや、脂肪は全て胸に吸収されているのでは？　食べれば食べるほど胸がどんどん大きくなっていく特殊体質だとしたら……それは、まさに全人類の夢の結実じゃないか！

――って、オレは何を考えているんだ。恥を知れ、恥を。

表向きは葉桜と和やかに談笑しつつ、脳内では親父《おやじ》臭いセクハラ妄想を繰り広げてしまったことを反省していると、いつの間にか目的地に到着していた。

六々坂《ろくろくざか》駅から急行で十五分、そこから徒歩で五分のショッピングモール・ＶＩＶＩ。

ＶＩＶＩは三階建ての館内に、服屋も飲食店もあらゆるジャンルを網羅し、映画館やゲームセンターなどの娯楽施設も豊富で、丸一日遊んでも遊び尽くせないほどの広大さを誇って老若男女《ろうにゃくなんにょ》に愛されている。

「わー！　すっごい賑《にぎ》やかですね！　お祭りみたいですっ」

ＶＩＶＩに入った瞬間、葉桜は目を一際《ひときわ》キラキラと輝かせて辺りを見回した。その姿は、初めて祭りに参加した年端《としは》もいかない幼い子供のような無邪気さだった。迷子にならないかハラハラしてしまうほどに。

「確かに、田舎のちょっとした祭りくらいの人混みだな……」

久しぶりに訪れたＶＩＶＩの想像以上の混雑にオレは肩をすくめて、軽くげんなりした。

ただでさえ人混みはニガテなのだが……それに加えて、店内を行き交う人々は右を見ても左を見ても男女一組。つまり、どこもかしこも幸せオーラいっぱいのカップルで溢《あふ》れかえっているのだ。

しかし、よくよく考えれば今日のオレは葉桜と一緒の、男女一組だ。端から見ればオレ達もカップルに見えているのだろうか？　あまつさえ、他の誰かをげんなりさせるようなオーラを放ってしまっているのだろうか？

自意識過剰とはわかっていても、生々しい不安と緊張で呼吸が荒くなってしまった。

「ふぅー……」

げんなりしたり、呼吸が荒くなったり、と散々な悪感情をため息諸共《もろとも》に吐き出し、オレは気合いを入れ直した。

休日デートは始まったばかりなのだから、朝ラーメンパワーで踏ん張らなくては！

「さて、どこに行こうか？」

オレは何とか平静を装《よそお》いつつ、キョロキョロと周囲を見渡している葉桜に問いかけた。

「んー。面白そうなお店が沢山ありすぎて目移りしちゃいますね」

確かにＶＩＶＩには六々坂商店街にないタイプの珍しい店が多く、葉桜の気持ちは大いに理解できる。それならば、適当にぶらぶらして気になった店があったら入ってみるのはどうか、と提案しようとしたところ……突然、葉桜は太陽の如《ごと》き笑顔を輝かせて開口した。

「理比斗《りひと》くんのオススメのお店があれば行ってみたいです！」

「なッ……！」

オレのオススメの店、だと……？

いきなり言われてもそんなもの咄嗟《とっさ》に出てこないぞ！　――と、言いたいところだが、実際は、ある！　めちゃくちゃに、ある！　何故《なぜ》ならば、昨日の夜に長時間かけてリサーチして、いくつも当たりを付けておいたのだから！　むしろ、この展開を待っていた！

だが、この勢いのまま「リサーチしておいたぞ！」と堂々と言い放つのは些《いささ》か格好が悪い。がっついて見えるし、最悪の場合ドン引きされる恐れもある。葉桜に限って、そんなことはないと思うが……それでも、葉桜の優しさをオレの気持ち悪さが貫通してしまったら目も当てられないだろう。

だからこそ至って冷静に、何でもない素振りでオレは近くのエスカレーターを指差した。

「……とりあえず、二階に行ってみるか。いや、別にリサーチしていたわけではないんだが、何となく二階に良い店がある気配がするんだ」

「はい！　理比斗くんのオススメのお店楽しみですっ」

「いや、オススメというか……あくまで何となく良さそうな気配がしているだけで――」

ウダウダと言い訳を連ねつつも、葉桜が喜んでくれるなら何でもいいいや、とオレは開き直って肩をすくめた。

▼　▼　▼

オレは苦虫を噛《か》み潰したような表情で立ち尽くしていた。

正確に言うと……清潔な純白のタイルを踏みしめ、フェミニンな衣服が陳列されているラックに囲まれて萎縮し、甘い香りが漂う店内で一人、苦虫を噛み潰したような表情で立ち尽くしていた。

ここは、ＶＩＶＩの二階にある服屋・ヴィジョンフラッド。

店内には客も店員も若い女性しか存在しない。しかも、どの女性もオシャレで、美人で、垢抜《あかぬ》けてキラキラしているのだ。そんな中でオレのような女殴ってそうな男（しかも童貞）が一人で佇《たたず》んでいるなんて、どう考えてもただ事ではない。

被害妄想かもしれないが、ヒソヒソと陰口を言われている気がして胃がズキズキと痛んだ。居心地が悪いというレベルではない。女性に免疫がない童貞には女性服専門店は針のむしろだ。

「ま、まだか……葉桜《はざくら》！」

背後の試着室に向かってオレは震える声で、すがりつくように問いかけた。

「すみません！」

試着室の中から返ってきたのは葉桜の慌てた様子の声だった。

そう。葉桜は今、オレの背後にある試着室で着替えている真《ま》っ只中《ただなか》なのだ。

だからこそ、オレはこんなところで所在なく佇んでいるというわけなのだが……。ただでさえ、オレみたいなヤツが一人でいるだけで怪しいというのに、試着室の前で挙動不審にウロウロしていたら不審者と思われて通報されてしまわないかと不安で仕方がなかった。

「もう少々お待ちを！　間違えて……ブ、ブラジャーを外して服を着てしまったので！」

「どう間違えたんだよ……！」

反射的にツッコみながらも、カーテン一枚を隔てた向こう側にノーブラの葉桜がいることを想像してしまい、全身が一気に熱を帯びるのを感じた。そもそも、すぐ近くで着替えていること自体が刺激的すぎるのだが……うごごごごご。

「お待たせしました！」

財前《ざいぜん》の顔を思い浮かべることで煩悩《ぼんのう》を抑え込んでいると、背後からカーテンが勢いよく開け放たれる音が聞こえた。

「ど、どうでしょうか……？」

恐る恐る振り返ると、着替えを終えた見慣れぬ姿の葉桜がもじもじと気恥ずかしそうに立っていた。ゴヌリュ、と気色悪い音をたててオレは生唾を呑《の》み込んだ。

「…………やぁ」

情けない掠《かす》れた声を漏らして、オレは静かに頷《うなず》いた。

葉桜の着ている服は、ミニ丈のニットワンピース。オトナっぽくなりたい葉桜に似合うだろう、とオレが考え抜いて選んだものだ。

派手すぎない薄いピンク色が可愛《かわい》らしさと、背伸びしたセクシーさを共存させている。そして、ぴっちりとタイトなサイズ感のため、胸やおなかや太ももの肉感的なボディーラインがバキバキに強調されており……有り体《てい》に言えば、滅茶苦茶《めちゃくちゃ》にエロい。

……いや、エロいと言ってもいやらしい意味ではないぞ！　何というか、こう……ポジティブな色っぽさだ！　良い意味でエロいというか、健全なエロスというか！　決して、葉桜にえっちな格好をさせて悦に浸っているわけではない……ッ！　と、誰に対する言い訳なのかわからない悲鳴を頭の中で炸裂《さくれつ》させた。

「あ……えと……に、似合っている……うん」

もごもごと口ごもりながら言ったオレに対し、葉桜は「えへへっ」と嬉《うれ》しさと恥ずかしさが入り交じった朗らかな笑顔ではにかんだ。

「このワンピースすっごく気に入っちゃいました！　めちゃくちゃ可愛くて、めちゃくちゃ可愛いです！」

テンションが上がりすぎて、まったく同じことを二回言っているぞ。……でも、それくらい喜んでくれて良かった、とオレの心は安堵《あんど》の感情に包まれた。もし、オレが悪霊《あくりょう》だったら今この瞬間に成仏《じょうぶつ》していることだろう。

「通気性抜群な薄手のサマーニットなので、これからの季節に大活躍しそうですっ」

「ああ、そうだな。軽く羽織れば秋口でも着回しができそうだ」

「季節を選ばずに大活躍できるなんて、まるで白米のようなオールラウンダーですね！　ますます気に入っちゃいました！」

確かに、葉桜のワンピース姿はラーメンライスの如くボリューミーなパワーを放っている。……色んな意味で。

「ちなみに、腰についている小さなお花の形のリボンも可愛いんですよ！　ほらっ！」

そう言って、葉桜が何気なく後ろを向いた瞬間、脳みそが爆発するほどの衝撃的な光景が露《あら》わとなった。

なんと！

葉桜の後ろ姿。つまり、腰回り。即《すなわ》ち、お尻。そう！　ワンピースのお尻回りに下着《パンツ》の形状が透けてしまっていたのだ。それはもう、くっきりと！　ハッキリと！　ガッツリと！

いや、ここまでくると、もはや形状どころの騒ぎではない。薄《うっす》らと、花柄のような模様まで透けてしまっているのだ……！　しかも、ワンピースがタイトなせいでお尻のプリッとした丸みまで象《かたど》られている始末！　ある種、下着姿を曝《さら》け出すよりも扇情的だ。

「このお花、可愛いですよね！　どことなく桜の花びらみたいでお気に入りですっ」

健気《けなげ》にも葉桜はワンピースの腰についている花の形のリボンを指し示したが、今のオレの視界には花柄のパンツだけが映っていた。これでも何度か目を逸《そ》らそうと試みたのだが、どう足掻《あが》いても視線がパンツに吸い込まれてしまうのだ。

オレの理性を消滅させる……さながら、魔の三角地帯と言えよう。

しかし、このままパンツに溺れるわけにはいかない！　と、決死の覚悟で脳内を財前の顔で埋め尽くし、オレは命からがら理性を保ち続けた。

幸か不幸か、葉桜は自分がパンツを透けさせていることに気づいていない様子だった。

いっそのことストレートにパンツ透けているぞ、と伝えるべきだろうか？　いやいや、そんなことを男のオレに言われてしまったら、流石《さすが》の葉桜でもショックを受けるに決まっている。下手をすれば、男に対する一生のトラウマを刻むことになるだろう……。

「理比斗くん、どうかしました？」

冷や汗ダラダラで慌てふためいているオレを不思議に思ったのか、葉桜は小首を傾《かし》げた。

「ちょ、ちょっと待ってくれッ！」

姿見を見て葉桜が自分で気づいてしまう前に、オレは脳みそをフル回転させた。

まず一番に思いつくのは、ワンピースの下に穿《は》くことで透けるのを防ぐペチコートを一緒に買わせることだ。……だが、ペチコートを勧めるということは、パンツが透けていることを指摘するのと大して変わらない。結局、葉桜を傷つけてしまうことになるだろう。

それならば！

と、オレは咄嗟の閃《ひらめ》きで、手頃なラックに陳列されていたオレンジ色のワンピースを手に取り、素早い身のこなしで葉桜の前に差し出した。

「こ、こっちのワンピースにしてみてはどうだ……？」

「え？」

このオレンジのワンピースは少しオトナっぽさは足りないかもしれないが、これはこれで可愛いはずだ。それに何と言っても、スカート部分に裏地がついていて下着が透けないようにできているのだ！

つまり！　このオレンジのワンピースに変更してくれさえすれば、今のワンピースのパンツの透けを指摘せずに全てが丸く収まるのだ……が！

「んぅー。でもでも、やっぱりこのピンクのワンピースの方が素敵ですし……」

「そ、そうか……」

そう簡単には手放してはくれないか……。

こうなったら腹を括《くく》って、パンツが透けていることをダイレクトに言ってしまうか？　ショックを受けさせるし、セクハラだと思われてしまうかもしれないが……買ったあとで葉桜が辱《はずかし》められるよりはマシなはずだ。

——と思ったが、葉桜なら「オトナっぽくなるためなら、パンツが透けていても構いません。それが私の武士道ですから！」と言いそうな気配を感じ、オレは絶望した。

もはや、ここまで……万事休す、か。

「……本当に、それで良いんだな？」

「はい！」

すがるように問いかけてみたものの、オレの不安は葉桜の眩《まぶ》しい笑顔に一瞬にしてかき消されてしまった。

「だって、理比斗《りひと》くんがいっぱい考えて選んでくれたお気に入りですから！」

「葉桜……」

わかった。

そこまで言ってくれるのなら、オレも今度こそ本当に腹を括ろう。

葉桜のパンツが透けるのならば――そして、それを厭《いと》わないのであれば、代わりにオレが守り抜けば良いだけだ。オレが四六時中、ボディーガードのように葉桜の背後に立ち、周りのヤツらに透けているパンツが見えないように守り続けるのだ！　そうすれば葉桜は傷つかないし、辱めを受けることもない！

そして、オレはパンツを守る決意を燃やし、葉桜と共に威風堂々とした足取りでレジに向かった。

「いらっしゃいませー！　……あ！　こちらのワンピース、ご一緒に穿くペチコートが外れていましたのでお付けしておきますね！」

そう言って、レジの店員さんはそそくさとペチコートを取り出した。スムーズな対応のおかげで葉桜がヘンテコな武士道を掲げる暇もなく、オレの決意も見事に鎮火して、パンツが透けることのないワンピースが完成した。

ただ、ペチコートが外れていただけだったとは……！

あまりに拍子抜けする真実を突きつけられ、これまでの心労は一体全体何だったんだ……とオレは愕然《がくぜん》と崩れ落ちた。

▼

▼

▼

色んな意味で激戦の末に服を買ったあと「理比斗くんみたいにスタイリッシュなアクセサリーをつけてみたいですっ」と言われたので、オススメのアクセサリーショップ・ブラックペンダントに葉桜《はざくら》をエスコートした。

さっきの服屋と違って店員も客層も老若男女《ろうにゃくなんにょ》バラバラで、どことなくサブカルな雰囲気が漂っていることもあって非常に居心地がいい。取り扱っている商品も大好きなアクセサリーなので、オレにとってはホームグラウンドと言っても過言ではない。

四捨五入すれば実家のような安心感だ。

……だからこそ、油断して暴走しないように気をつけなければいけないわけだが。

「わぁ～！　綺麗《きれい》でカッコいいアクセサリーがいっぱいですっ！」

葉桜はミニワンピースに早速着替えて、至極嬉しそうなニコニコ笑顔で店内を闊歩《かっぽ》している。ペチコートをしっかり穿いているから下着が透ける心配はないとはいえ、エロいことに変わりはないので一緒に歩いているだけで無性にドキドキする……。

「おおっ！　すっごく可愛いの見つけちゃいました！」

ピアスコーナーで立ち止まり、葉桜は歓喜の声を上げた。その視線の先には、安全ピンの形のピアス、錠前の形のピアス、トカゲの形のピアス、などなどパンクなデザインのピアスがみっちりと並んでいた。

「あ、ピアスなんですねコレ……。耳に穴を開けるのはちょっぴり怖いかも、です」

「パーツを交換してイヤリングにする方法もあるぞ」

「なんと！　耳寄りな情報ありがとうございます！」

オレのアドバイスを聞いた葉桜は水を得た魚のように活《い》き活《い》きとピアスを選び始めた。

そんな葉桜を後方から眺めつつ、店内を物色していると……コーナーの片隅に見慣れたロゴマークを発見し、オレはカッと目を見開いた。

「ん？　どうかしました？」

モゾモゾしているオレの異変に気づき、葉桜は興味深そうに近寄ってきた。

「え？　あ、いや……何でもない。き、気にしないでくれっ」

オレはできる限り興味がないフリをしながら、ヘタクソな口笛を吹いた。名残惜しいが今日の目的は葉桜のアクセサリーだ。自分の趣味を優先するわけにはいかない、と自らの心に深々と釘《くぎ》を刺した。

しかし、アクセサリーを見るオレの視線があまりに未練がましかったせいか、葉桜は気づいてしまったようで……。

「あ！　この指輪！　理比斗くんがいつもつけている指輪とデザインが似てますね！」

心に深々と刺したはずの釘がいとも容易《たやす》く抜ける音が聞こえた。

「よく気づいてくれたッ！」

先程まで抑えつけていた感情を解き放ち、オレは嬉々《きき》として開口した。

「このコーナー一帯に置かれているものは全て、オレが愛してやまないステンレスアクセサリーブランド・ＴｕｒｑｕｏｉｓｅＤｅｖｉｌｆｉｓｈ！　通称、タコデビ！　見てくれ！　最近発売したばかりの新作に、定番の人気アイテム、更には売りきれ続出のレアアイテムまで目白押しだぞッ！」

息継ぎをすることすら忘れて凄《すさ》まじい早口でまくしたてたあと、自分がやらかしてしまったことに気づいて血の気がサァーッと引くのを感じた。

「す、すまんッ！」

冷や汗だっくだくで謝罪の言葉を口にしたオレに対し、葉桜はケロッとした表情で首を傾げた。

「どうして謝るんですか？」

「え……いや、葉桜が興味ないことをべらべらと喋《しゃべ》ってしまったから——」

葉桜は新品のアクセサリーよりもピカピカの瞳にオレの姿を映し、柔らかく微笑《ほほえ》んだ。

「だって、理比斗くんの大好きなものですよ？　そんなの知りたいに決まっているじゃないですか！　……というか、私も欲しいですっ。理比斗くんの心を熱く燃やすタコデビのアクセサリーを買いたいです！」

葉桜の思いがけない言葉にオレは目をパチクリさせて驚いた。葉桜はお世辞を言うようなヤツじゃない。文学少女を辞めてからは常に真《ま》っ直《す》ぐ、猪突猛進《ちょとつもうしん》だ。つまり、本心からオレの大好きなタコデビに興味を持ってくれているということだ……！

「い、良いんだな？　語り出したら止まらなくなるぞ……？」

「ばっちこいです！」

笑顔でサムズアップしてくれた葉桜に心の底から感謝し、オレはアクセル全開で意気揚々と語り始めた。

「タコデビの魅力は何と言っても、無骨ながらもスタイリッシュなデザインだ！　そして、学生でも少し奮発すれば買えるリーズナブルな値段だ！」

「成程……確かに、お値打ち価格ですね。デザインも素敵ですし」

タコデビのアクセサリーを好奇心溢《あふ》れる表情でマジマジと見つめて葉桜は「ふむふむ」

「興味津々《きょうみしんしん》ですよ！」

と頷《うなず》いた。

「ところで、ステンレスアクセサリーとシルバーアクセサリーって何が違うんですか？　パッと見では違いがわかりませんが……」

葉桜の問いかけにオレは「良い質問だ！」と指を鳴らした。

「実際のところ、ステンレスとシルバーの見た目の違いはほとんどわからん！」

身も蓋もないことを言い切ってオレは言葉を続けた。

「だが、材質としての違いはハッキリとある。ステンレスは丈夫で錆《さ》びにくくて、シルバーのように定期的な手入れをしなくて良いんだ。しかし、硬いせいで凝った加工が難しく、シルバーに比べてデザインの幅が狭まってしまうデメリットがある。……が、タコデビのように無骨さを活かしたブランドもあるから、オレはあまり気にならんけどな」

つらつらと語り終えて、オレは右手の人差し指につけている黒い指輪を見せつけた。マットな加工が施されている無骨なリング。高校合格記念に父親から買ってもらったお気に入りのタコデビリングだ。

「その指輪、すごくすっごくカッコいいですよね！　学校でもよくつけているから常々、思っていました！」

「そうだろう！　そうだろう！」

葉桜に褒め殺されて、オレは上機嫌で何度も頷いた。

「タコデビに限らず、アクセサリーは良いぞ！　お気に入りのアクセをつけるとテンション上がって気合いが入るし、逆に普段とは違うアクセをつけると気分転換になるし、自分の心を色々とカスタマイズできるんだ」

「つまり、アクセサリーのカスタマイズは無限大！　ってことですね！」

ホビーアニメの謳《うた》い文句《もんく》みたいだな……。

「私も早くカスタマイズ性の高いオトナの女にならなくては！」

葉桜は謎の意気込みを宣言し、タコデビのコーナーにかぶりついた。純真な眼差《まなざ》しで指輪を選ぶ姿を見て、初めてアクセを買った中学二年生の時の記憶がフラッシュバックした。オレにもこんな純粋な頃があったんだなぁ、と妙に心がほんわかと温かくなった。

「あ！　この指輪、カッコいいですっ！　しかも今なら、男女サイズ揃《そろ》っておそろいにできますよ！」

サイズの異なる二つの指輪を手に取り、葉桜は興奮気味な笑顔で差し出した。

それは、メタリックな黒と青のツートンカラーでコーティングされたステンレス指輪《リング》だった。無骨な渋さと洗練されたスタイリッシュさを併せ持っており、オレの琴線がビンビンに刺激される……！　今すぐにでも飛びつきたいところだが——しかし！

「お、おそろいだと……ッ」

葉桜の放った衝撃的な言葉を時間差で反芻《はんすう》し、オレは面食らった。今日だけで何回、葉桜に驚かされていることやら……。

「初めての休日デートの記念のおそろい、ということで……ダメですか？」

上目遣いで見つめられ、オレのいたいけなハートはものの見事に粉砕されてしまった。

「だ、ダメなことはないが……！」

おそろい、と言われるとどうしても男女の関係性を想像してしまいそうになるが、あくまでオレ達は師弟関係だ。即《すなわ》ち、これは絆《きずな》を示すおそろいなのだ。と、変な勘違いをしないよう、自意識過剰な期待をしないよう、オレは自分自身の心に何度も言い聞かせた。

「……さ、サイズはどうだ？　指輪は丁度良いサイズを見つけるのは中々に骨が折れるからな。特に、ステンレスだとサイズ調整はほとんどできないし……」

オレが心配を口にした時、すでに葉桜は自らの右手中指に指輪をつけていた。

「わっ！　見てくださいっ。サイズばっちり、ぴったりです！　えへへ！」

「一発でサイズが合うとはラッキーだな……って、オレもぴったりだ」

葉桜と同じく右手中指につけた指輪のフィット感に驚き、オレはたまらず顔をほころばした。指輪は緩くもなく、キツくもなく、丁度良い塩梅《あんばい》のつけ心地だ。デザイン的にも、他の指につけている指輪との親和性が高いし、びっくりするほど手に馴染《なじ》んでいる。

運命的だ……と、ついついチープな感想を抱いてしまうほどに。

「わー！　理比斗《りひと》くん、カッコ良さ三割増しですねっ」

「……は、葉桜も……か、かわ……うん。い、良い感じだぞ」

褒められた嬉《うれ》しさと褒め返す恥ずかしさで情緒がグチャグチャになりながら、オレは改めて葉桜の姿をゆっくりと見つめた。

薄いピンク色のミニワンピースが醸《かも》し出す柔らかな甘さの中、青黒のスタイリッシュな指輪がアクセントとして全体をピリリと引き締めている。そして、極めつけに輝く太陽の如《ごと》き笑顔。

どこからどう見ても完璧に……可愛《かわい》い、としか言いようがない。流石《さすが》に、そこまでのダイレクトな言葉を口に出して言う勇気は今のオレにはないけれど。

だから、その勇気が出ない代わりにオレは別のベクトルの勇気を振り絞り、一歩踏み出すことにした。

「これ……オレに買わせてくれないか？」

「え？」

「き、記念ってことで、プレゼントというか何というか……」

本当なら服も食事も交通費も、全部オレが出せたらカッコいいんだろうな、とは思う。でも、過剰にすると、それはそれで彼氏面しているみたいで気持ち悪いだろうし、何より……高校生の小遣いじゃ厳しいのが現実だ。

だからこそ、せめて記念の指輪くらいはオレが払おうと思ったのだが――。

「で、でも……結構お高いですし、申し訳ないですよ……ただでさえ師匠として色々と教えてもらってお世話になっているのに……」

少しの間、葉桜《はざくら》は唇を尖《とが》らせて思い悩んだ末、パチン！　と両手を勢いよく叩《たた》いて満面の笑みを浮かべた。

「わかりました！　では、私の指輪は理比斗くんに買っていただきます！　けど、その代わりに……」

オレの右手中指に燦然《さんぜん》と煌《きら》めくおそろいの指輪を指さして、葉桜は高々と言い放った。

「理比斗くんの指輪は私に買わせてくださいっ！」

「い、いやいや！　そんなことをしてもお互いに払う金額は変わらないだろ！」

「はい！」

慌てるオレに対し、葉桜は力強く頷いた。

「これなら、理比斗くんが私に指輪をプレゼントしたいという思いも、私が理比斗くんに買ってもらうのは申し訳ないという思いも、同時にクリアできるんです！　更には！　お互いの指輪をプレゼントし合えちゃうんですから、一石三鳥のナイスアイディアです！」

「……いや、まぁ、確かにそうだが」

言いくるめられてしまっている気がしつつも、反論することができずにオレは情けなく口ごもった。

「それに、実は……恥ずかしながら、理比斗くんに買ってほしいものがありまして」

「オレに買ってほしいもの？」

「は、はい。強突《ごうつ》く張《ば》りで申し訳ないんですが……指輪に比べれば、そこまでお高いものではないので……」

葉桜が妙に恥ずかしそうに言葉を選んでいるのが気になったが、オレは二つ返事で「勿《もち》論《ろん》、買わせてくれ！」と頷いた。

「い、良いんですか？」

「ああ。少しくらいは格好をつけたいからな」

オレの返答を聞いた葉桜は頬をほんのりと赤らめ、はにかむように微笑んだ。

「では、お言葉に甘えさせていただきますね。……えへへ。男性にパンツを買ってもらえるなんて、すっごくオトナになった気分ですっ」

は？

今、何て言った？

▼　▼　▼

「えへへ」

ガチャガチャコーナー横にある休憩所のベンチに腰を下ろし、葉桜は右手中指につけた指輪を見つめて心底嬉しそうに微笑んだ。そして、オレの右手中指の指輪を一瞥《いちべつ》し、更に更に嬉しそうな笑顔を爆発させた。

「おそろいですね、理比斗くんっ」

「あ、ああ……」

大好きなタコデビをおそろいにしている喜びはとてつもない。普段のオレだったら、ニヤけ面が抑えきれなくなって挙動不審になっていただろう。……しかし、今は正直、先程の葉桜の発言が気になってしょうがなく、おそろいに喜んでいる場合ではなくなっていた。

「ところで、さっきの話の続きをしてもいいか？　えーと、オレに買ってほしいものというのは――」

オレの問いかけに葉桜は頬を真っ赤にして俯《うつむ》き、足をパタパタと振り乱した。

「ぱ……パンツ、ですっ」

葉桜の言葉にオレは生唾をゴクリと呑《の》み干しつつ、首を横に振った。

「す、すまん。もう一回、言ってくれないか？」

今、確かにパンツと聞こえた気がしたが……こればかりは流石に聞き間違いだ。武士道に反するからと言ってスパッツを穿《は》かなかったり、朝からラーメンライスをモリモリ食べたりする葉桜であっても、男のオレにパンツを買わせようなんてあり得ないだろう。

と、大きく深呼吸をして葉桜の言葉を待ち望んだ。

パンツではないはずだ、と切に願って。

しかし。

「パンツ、です」

パンツでした。

普通にパンツでした。

「……えーと、その……パンツってのは、ズボンの方のパンツ……じゃないよな？」

「はい……し、下着の方のパンツです」

「……男性用の？」

「いえ、女性用の……私が穿く、パンツです」

成程。

これはもう、オレの勘違いでも早とちりでも何でもなく、完全無欠のパンツのようだ。

よもや、よもや、パンツを男のオレに買わせようとは……葉桜の変人っぷりを甘く見すぎていたことを痛感した。痛感してばかりだな、オレ。

「……一応、理由を聞かせてくれないか」

「素敵な服！　おそろいのアクセサリー！　と、来たら……お次はパンツしかないと思いまして」

「どういう思考回路してるんだ」

呆《あき》れるオレを純粋な眼差しで見つめて、葉桜は至極真面目な表情で言葉を続けた。

「見えないところにこそオシャレは宿る、と言いますし……。それに私、日常的に短いスカートを穿くので、もし見えてしまった時にダサいと思われないような、胸を張って見せられるオシャレなパンツを穿きたいんです！」

いくらオシャレなパンツを穿いたとしても胸を張って見せるんじゃない。

「下着って想像以上に種類がありまして、私一人では何がなんだかわからなくて……」

今のオレも何がなんだかわからん状況なんだが？

とはいえ、葉桜がふざけているわけでも、オレをおちょくっているわけでもなく、ひたすら真剣に懇願していることは目に見えてわかった。オレに弟子入りを申し込んだ時や、スカートを短くした時と同じように、葉桜は本気なのだ。

本気でオレにパンツを買ってもらいたいのだ。

だからこそオレも本気で困惑しているわけだが。

「……でも、オレは男だぞ？　男に下着を選ばせるなんて……良いのか？」

「はい！」

元気いっぱい頷《うなず》き、葉桜はニコッと笑った。

「理比斗くんはオシャレでセンス抜群ですから！　それに何より、下着を男性に選んで買ってもらうなんて、背徳的でオトナっぽいなぁ、と！」

羞恥心と好奇心が混在した真っ赤な顔で葉桜はうっとりと口にした。……成程、葉桜の言い分は理解はできる。確かに、下着をプレゼントする関係性は子供では考えられないオトナの世界だ。

「しかしだな……流石に、下着屋にまでオレがついていくわけにはいかんぞ」

「ご安心を！」

葉桜はテンション高く「じゃじゃーん！」とスマホを掲げた。その画面には女性用下着の通販サイトが映っていた。通販を利用すれば人目を気にすることなく、じっくりと選べるわけか……と、逃げるための口実が完全に途絶えたことを悟り、オレは観念した。

「……わかった」

葉桜からスマホを受け取り、オレは画面に視線を向けた。

パンツ。パンツ。パンツ。

上を見ても下を見ても、右を見ても左を見ても。フリックしてもスワイプしても。どこもかしこも色とりどり、よりどりみどりのパンツばかり。それは女子にとっては日常的な光景だとしても、オレにとっては完全無欠の非日常の世界《ワンダーランド》。緊張と興奮で心臓バクバク、脳内てんやわんやの大騒ぎだ。

葉桜が穿くパンツをオレが選ぶ。

今日一日、驚かされ続けた休日デートのラストを締めくくるに相応《ふさわ》しい驚愕《きょうがく》の展開だ。

葉桜はオレのセンスに絶大な信頼を置いてくれている。そんな中、センスのない下手なパンツを選んでしまえば、これまで積み上げてきた信頼が一瞬にして崩壊し、そのままの勢いで今の関係性さえも破滅してしまうかもしれない。

そう。パンツのセンスにドン引きされ、心の底から拒絶されて、散々に糾弾されることも可能性として大いにあり得るのだ。

葉桜に罵倒されることを想像すると、心臓がギュギュッと締め付けられたような痛みを感じた。財前《ざいぜん》のおっぱい発言のせいで白い目で見られた時以上に、心が苦しい……。

ゆえに、慎重に！　細心の注意を払って！　全神経を研ぎ澄ませてパンツを選ぶのだ！

「すぅ〜っ……はぁー……すぅ〜っ……はぁー」

たっぷりと深呼吸を繰り返し、オレは脳細胞を活性化させてパンツと向き合った。

まずは……飾り気のない純白のパンツ、爽やかな青色のパンツ、生活感溢《あふ》れる灰色のパンツ。といった王道のパンツを一つ一つ確認し、葉桜が穿いている姿を脳内で鮮明に思い浮かべながら吟味していく。

王道にハズレはないが、だからこそ、オレが選ぶ必要があるのかという疑問が湧いて出てくる。それに、安全策に走るのは逃げているのと同義だ。それでは結局、失望されてしまうだろう。ということで王道はナシだ。

ならば……おそろいの指輪とリンクさせて、青と黒のサテンのパンツはどうだろう？　サテンのパンツはオトナっぽいと思うし、指輪とパンツの色を合わせるのはハイセンスな気がするぞ！

と、そこまで考えてオレは我に返った。服と靴の色を合わせるのは普通だが、指輪とパンツの色を合わせるなんて邪道にもほどがあるだろう。ハイセンスどころか、突飛なことをやろうとしすぎてナンセンス極まりない……！

王道も邪道もダメだ。かといって、無味無臭な普通のパンツを選ぶわけにもいかない。

と、完全にパンツの袋小路《ふくろこうじ》に陥ってオレは頭を抱えた。

「オトナっぽいパンツといえば、セクシー系ですよね……ごくり」

葉桜《はざくら》の発言により、暗雲が立ちこめていたオレの脳裏に天啓が光り輝いた。

王道に逃げるのではなく、邪道に迷い込むのでもなく、覇道を突き進めば良いのだ！

進むべき道を見つけたオレはセクシーな——財前風に言うならアダルティーなパンツのページを入念にチェックした。派手な柄、過激な形状、匂い立つフェロモン！　これこそがパンツの覇道に違いない！　と、パンツの海から一枚のパンツを選別した。

それは——豹《ひょう》柄のゴリゴリのTバックであった。

「わわっ……す、すごい……えっちですねっ」

猛々《たけだけ》しい肉食獣の柄を派手に纏《まと》い、防御性能があるのか疑わしいエグい布面積を誇り、画面越しであるにもかかわらず獰猛な色気を放っている。そんなオトナすぎる豹柄Tバックを見つめる葉桜の頬は紅潮し、怯《おび》えるように震えていた。

「こ、これを私が……穿くんですね……」

葉桜の目が薄《うっす》らと潤んでいることに気づき、オレはハッとした。

……オレは一体全体、何をやっているんだ？　葉桜をオトナっぽくするためとはいえ、これではただのセクハラだ。センスにドン引きされる以前の問題だ。と、どんどん頭の中がクールダウンしていくにつれ、オレの心はパンツの覇道から逸《そ》れていった。

王道では意味がない。

邪道では気持ち悪い。

覇道では辱《はずかし》めるだけ。

ならば、どうするか。

「……ふぅー」

深く息を吐き出し、オレは自販機で買っておいたメロンソーダをゴクゴクと飲み干した。疲弊した脳に甘ったるい糖分が染《し》み渡っていき、炭酸が弾《はじ》けると共に靄《もや》がかかっていた脳内が晴れやかになっていく気がした。

プラシーボ効果だとしても、今のオレには充分だった。

再び、オレはスマホの画面に視線を落とした。

王道の色合いとは異なりつつ、邪道に逸れることなく、それでいて覇道にも攻め立てない。それが、オレの導き出した答えだった。勿論《もちろん》、それら全てを満たすパンツを探し出すことは困難を極めるだろう。一歩でも道を踏み外せば真っ逆さまだ。

※イメージ映像です

それでも、オレは懸命にパンツを探し続けた。無限に広がる通販サイトの中から、無数に煌《きら》めく多種多様のパンツをかき分けて、希望のパンツを求めてひたすらに……！

そして――オレは辿《たど》り着いた。

「……これだ」

スワイプしすぎて摩耗した人差し指でオレは一枚のパンツを指し示した。

それは、シンプルなデザインのミントグリーンのパンツだった。形状は、お尻を優しく包み込むフルバック。申し訳程度にレースがちょこんとついているだけで、これといった特長という特長はない。三百六十度見渡しても特別な要素はまるでない。ともすれば王道の範疇《はんちゅう》とも言えるかもしれない。……いや、むしろ凡夫のパンツと吐き捨てられてしまうかもしれない。

だが、このパンツが答えだとオレは確信していた。

もはや理屈はない。

道理もない。

あるのは、ただ一つ。

このパンツは葉桜に似合うだろう、という切なる祈りだけだ。

「わぁッ！　綺麗《きれい》で可愛《かわい》いパンツですねっ」

葉桜の天真爛漫《てんしんらんまん》な笑顔を見て、オレはチクリと胸に痛みを感じた。

「落ち着いた色合いが上品で、爽やかなオトナっぽさが溢れています！　葉桜という名前にかけて、緑色をチョイスしてくれたのも嬉《うれ》しいです！　しかも、普通のグリーンではなくミントグリーンというところに理比斗《りひと》くんのセンスを感じます！　流石《さすが》です！」

オレはただ葉桜に似合うパンツを探していただけ——赤裸々に言うならば、葉桜に穿いてほしいパンツを探していただけ——なのだが……まさか、ここまで好意的に解釈をしてくれるなんて。

喜んでくれるのは嬉しいけれど、何とも形容しがたい複雑な気持ちだった。

というか……すまん！

パンツまみれの脳内が罪悪感に蝕《むしば》まれ、オレは心の中で深く深く反省した。

「理比斗くん！　素敵なパンツをありがとうございます！」

無事にパンツを注文したあと、悶々《もんもん》と反省するオレとは裏腹に葉桜は無邪気に笑っていた。そんな葉桜の笑顔を見るたび、オレの心の温度は冷たくなったり、熱くなったり、と急激に揺れ動いた。

人気者と嫌われ者。真《ま》っ直《す》ぐな性格と捻《ひね》くれた性格。光と闇。まったくもって、葉桜とオレは対照的だ……と、つくづく思う。それが良いことなのか、悪いことなのかは……今はまだ保留にしておきたいところだが。

「……そろそろ良い時間だし、夕飯でも食いに行くか。ここのフードコートのチャーシュー麺は美味《うま》くて有名なんだぜ」

「チャーシュー麺！　わーい！　チャーシュー麺！」

子供のようにルンルン気分でチャーシュー麺を連呼して喜ぶ葉桜を見て、オレは顔をほころばせた。

私服も、アクセも、パンツも買ったことだし、あとは夕飯をまったり食って穏やかに休日デートを締めくくるだけだ――と、思った矢先。

ヤツが現れた。

「げっ！」

水色メッシュのふっわふわの金髪。力強くて大きな目。バチバチのメイク。水色のカーディガンにデニムのショートパンツ姿の小柄なギャル――そう。隣のクラスで人気のギャル・ひめマユだ。

両手に服屋のショッパーを大量に抱えていることから、ショッピングを堪能《たんのう》していたようだ。周りに友達や彼氏の姿は見当たらないが、一人で買い物に来ていたのだろうか？

「で、出た！　筧理比斗《かけい》！」

オレの顔をみるや否《いな》や、ひめマユは嫌悪《けんお》感マックスの声を漏らして一歩後退《あとずさ》った。……まるでゴキブリみたいな扱いだな。

「って……え？　……葉桜ちゃん？　な、何その格好！」

ミニ丈のニットワンピース姿の葉桜を凝視して、ひめマユは素っ頓狂な声を上げて仰《の》け反《ぞ》った。

「似合ってるし、可愛いけどさ……ぐぎぎ。って、ちょっと待って！　二人とも同じ指輪つけてるじゃん！　も、もしかして――」

「はい！　おそろいです！」

右手中指のタコデビの指輪をこれ見よがしに掲げ、葉桜はドヤ顔を炸裂《さくれつ》させた。対するひめマユはショックを隠せない様子で白目を剝《む》いて天を仰いでいる。

「そ、そんにゃ……」

ひめマユは倒れそうになるギリギリで踏みとどまり、憎悪《ぞうお》のこもった形相でオレを睨《にら》みつけた。

「筧理比斗！　あんたのこと絶対に許さないからッ！」

そう言い残し、ひめマユはドタバタと走り去っていった。……宣戦布告の次は、絶対に許さない宣言とは相変わらず物騒なギャルだ。まぁ、嫌われるのは慣れているから今更どうということはないが。

「怒られちゃいましたね……」

しゅん、と眉をひそめた葉桜に「気にするな」とオレは軽く言葉を返した。

「あいつは隣のクラスだし、直接絡《から》むこともないだろ」

とはいえ、ここまで葉桜の姿に固執してオレを敵視する理由は気になるが。まさか、文学少女だった葉桜の隠れファンだったりするのだろうか。

「ひめマユちゃんとも仲良くなりたいですけど……今の感じだと難しそうですよね」

ふと、財前が「ひめマユの内面はアダルティーだ」と言っていたことを思い出した。オレの前ではいつもドタバタしているからオトナっぽくは見えないが、もし、財前の言っていたことが事実ならば……。

「いっそのこと、ひめマユに弟子入りしてみたらどうだ？」

何となしに口に出したオレの言葉に葉桜は目を大きく見開いて固まった。

「え？」

ひめマユが師弟関係を受け入れてくれるかは不明だが……もし、弟子になることができたら、オレよりも確実に葉桜のためになるだろう。みんなの憧れのギャルで、ファッションセンスが高くてオシャレで、アダルティーな魅力に溢れているのだから。

葉桜が頼ってくれるのは心の底から嬉しいが……それはそれ、これはこれだ。

ひめマユならオレと違って、服屋でパンツが透けていることを指摘できずにあたふたしたりしないし、指輪をプレゼントしようとして逆に気を遣わせてしまうこともないし、脳内パンツまみれになって暴走することもないだろう。

きっと、葉桜をちゃんとオトナに導いてくれるはずだ。

「私は、理比斗くんが良いんです」

オレの問いかけに対し、葉桜はハッキリとした口調で言い放った。

「勿論、ひめマユちゃんはとっても魅力的です。オシャレで可愛くてオトナっぽくて、同性としてめちゃくちゃ憧れちゃいます。何と言っても、自分の意思を曲げることなくハキハキと発言するのがカッコいいです！　……でも、私の師匠は理比斗くんだけです」

葉桜は揺らぐことのない真っ直ぐな眼差《まなざ》しでオレを見つめて、無敵の笑顔を輝かせた。

「理比斗くんじゃなきゃダメなんです！」

「オレじゃなきゃダメ……？」

「はい！」

人生で初めて言われた言葉がじんわりと胸に染み渡り、オレは恐る恐る葉桜を見つめ返した。相変わらず葉桜の瞳はイノセントな光に満ちていて、あまりの眩《まぶ》しさに思わず目を背けてしまいそうだった。

「そう……今日一日を一緒に過ごして、改めて思いました。沢山悩んで選んでくれたワンピースのこと。タコデビを熱く語って新たな一面を見せてくれたこと。私が無理強《むりじ》いしたにもかかわらず真剣にパンツを選んでプレゼントしてくれたこと。その全てがすごく、すっごく嬉しくて楽しくて幸せでしたから！　私の師匠は理比斗くん以外に考えられません！」

葉桜《はざくら》の言葉は問答無用だった。

オレの心を鎖《とざ》す薄汚い闇を力尽くで吹き飛ばしてしまうほどのパワーで溢《あふ》れていた。

「……葉桜。ありがとう」

オレが感謝の言葉を口にしたのとまったくの同じタイミングで、ぐぅ～！　と葉桜のおなかの音が鳴り響いた。

「興奮したらおなか鳴っちゃいました。えへへ」

はにかむ葉桜を見つめて、オレは頬が自然と緩むのを感じた。

第三話「あたしのこともオトナにしてよ」

梅雨の気配がじっとりと忍び寄る五月の末。

「よっこいしょ」

気の抜けた声と共に葉桜は校舎裏の古びたベンチに腰を下ろした。葉桜との距離感に気をつけつつ、オレもいそいそと隣に座り込んだ。そして、二人揃《そろ》って「いただきます」と両手を合わせてから、いつものように昼メシを食べ始めた。

オレは煮卵おにぎり二つと定番のノンフレーバーの炭酸水。葉桜は大量の煮卵おにぎりと焼きそばパンとほうじ茶だ。葉桜曰《いわ》く、憂鬱な午後の授業（数学）を乗り切るためには、米・麺・パンの炭水化物三連コンボが必要不可欠だそうだ。

昼メシをモリモリと食べながらオレ達は朗らかな話題に花を咲かせた。葉桜がハマっている小説の話、オレが好きな漫画の話、ろくろくちゃんの話、タコデビの新作の話、好きな配信者の話、バズっている動画の話……などなど、葉桜との会話は尽きることなく無限に広がっていった。

その中でも、クラスメイトと仲良くなったことを嬉しそうに話す葉桜の姿には特にほっこりした。今や葉桜はちょっと変わっている天然美少女として、クラスで新たな人気が出ているのだ。

……葉桜はちょっと変わっているどころか、だいぶ変わっているとは思うけれど。

何にせよ、素の葉桜が受け入れられているのはとても嬉しいことだ。なんて、偉そうな保護者面もとい、師匠面をしてしまいそうになるほどに。

「お！　理比斗くん、これ見てくださいっ」

葉桜は大量の炭水化物を摂取した食後とは思えない爽やかな笑顔で、スマホをオレの眼前に差し出した。

「このひめマユちゃん、めちゃくちゃ可愛《かわい》くないですか！」

スマホに表示されているのは世界的に有名な動画系SNSだった。葉桜が指し示した動画は、流行《はや》りの曲をBGMにしてひめマユがおどけた調子で踊っているものだ。

ちんまりした身体《からだ》でドタバタ踊っている姿は……確かに、可愛い。それに、決してダンスが上手《うま》いわけでもないのに表情や動きに妙な癖があり、ついつい見入ってしまうほどの中毒性があった。

流石《さすが》は隣のクラスで人気のギャル、SNSもお手の物というわけか。

「ん……？」

ふと、ひめマユのアカウントのフォロワー数に気づいてオレは目を見開いた。

「ひ、ひめマユってこんなにフォロワーいるのか……！」

SNSに詳しくない素人目《しろうとめ》で見ても驚異的な数字だった。

「ひめマユちゃん、SNSでも大人気ですからね！」

まるで自分が褒められたように自慢げな笑顔で葉桜は天真爛漫《てんしんらんまん》に頷《うなず》いた。

「影響力もすごいんですよ！　ひめマユちゃんが美味《おい》しいって言った食べ物が流行ったり、鶴の一声でイベントを起こしたり！　常に流行の最先端を行っているんです！」

正直、ひめマユのことを舐《な》めていたかもしれない。オレのことを敵視しているのも隣のクラスだから大丈夫かと思って気にしていなかったが……この影響力を本気で使われたら、どうなることか想像するだけでも恐ろしい。

それこそ、ネットに晒《さら》し上げて社会的に抹殺するなんて容易《たやす》いことだろう。

手遅れになる前に何とか和解を考えてみるか。……といっても、あのひめマユがオレの話に聞く耳を持ってくれるとは思えないけれど。

頭を捻《ひね》りながら何か妙案はないか……と、ひめマユのSNSをチェックしていると、投稿されている写真や動画に一定の傾向があることに気がついた。

「ん？　これは……」

ごくり、と生唾を呑《の》み込んでオレは入念に写真と動画を再確認した。

「やっぱり、そうだ。ひめマユは定期的にパンクパークに通っているぞ」

「ぱんくぱーく？」

オレが口にした言葉を復唱し、葉桜はポカンと口を開けた。

「ああ。淀路野《よどろの》パンクパーク。不人気すぎて逆に有名になった遊園地だ」

「あ！　思い出しました！　お客さんよりもキャストさんの方が多いこととか、アトラクションの待ち時間がゼロであることとか、ＳＮＳで色んな意味で話題になっていた遊園地ですねっ」

「ああ、まさにそうだ」

葉桜でさえ知っている悪名にオレは苦笑いし、スマホを差し出した。

「んー？　でもでも、どの写真もパンクパークだとはわからなくないですか？」

ひめマユのＳＮＳの写真をジッと見つめ、葉桜は首を傾《かし》げた。

その写真には小悪魔な笑みを浮かべたひめマユと、彼氏と思われるゴツい右手が大きく写っているだけだった。確かに、パッと見ただけではパンクパークだと認識できるものはどこにもない。

「ひめマユの背後に水色の物体が小さく写っているだろ？」

オレの指摘を聞いて、葉桜はスマホの画面に顔をくっつけてマジマジと見つめた。

「んんん……おおっ！　ホントですね！　ちーっちゃく、水色の何かが写ってます！」

「これは、パンクパークのマスコット・ガスネコが被《かぶ》っているシルクハットの一部分だ。それと……見切れているが、薄《うっす》らと白い星マークが付いているだろ？　これは今年限定のシルクハットの証《あかし》なんだ」

「ほえぇ……なるほど」

SNSの投稿を遡っていくと、ひめマユは月に少なくとも二回はパンクパークに通って撮影していることが明らかになった。しかし、どの写真も動画もパンクパークであることを徹底して隠している。……オレでなければ気づかないレベルだ。

自分の住んでいる場所を特定されないようにしているのだろうか？　いや、それにしては、他の写真や動画で六々坂《ろくろくざか》商店街やVIVIをガッツリと映しているのが引っかかる。

「理比斗《りひと》くん、パンクパークに詳しいんですね！」

「まぁ……昔、それなりに通っていた時期があったからな」

例によって例の如《ごと》く、女殴ってそうなイメージを払拭《ふっしょく》するためだ。結果はお察しで……遊園地好きを装《よそお》って女子供にすり寄っている、と勘違いされて更に嫌われてしまったわけだが。

「それにしても、リアルでもネットでも人気のギャルが辺鄙《へんぴ》な遊園地に通っているなんて意味深だな。彼氏がパンクパークのマニアなのか？」

彼氏の顔は写真には写っていないが、浅黒くてゴツい手の形から察するに相当いかつそうだ。

パチン！　と突然、葉桜は両手を勢いよく叩《たた》いて目をキラキラと輝かせた。……これは、突拍子もないことを言われて驚かされるパターンだろう。と、オレは身構えた。

「パンクパークに行ってみましょう！」

ほら、また変なことを言い出した。

「ひめマユちゃんがパンクパークへ定期的に通っているのなら、バッタリ会えるんじゃないかと思いまして」

「別にパンクパークまで行かなくても隣のクラスに行けばひめマユに会えるだろ」

「でも、それだと……嫌われている理比斗くんは取り合ってもらえないと思うんです」

これまでのひめマユの反応を思い出し、オレは「確かに」と納得した。

「だからこそ！　パンクパークで偶然会ったフリをすれば、なし崩し的にお話ができるんじゃないかと！」

「成程。理に適《かな》っているな。また変なことを言い出した、と思ってすまん」

「えへへ！　……って、そんなこと思ってたんですか！　もー！」

葉桜は迫力なく怒ったあと、再び目を輝かせて元気いっぱい開口した。感情の変化がジェットコースターのように目まぐるしい。

「それに、私もパンクパークに行ってみたいんです！　遊園地デートってオトナな匂いがぷんぷんしますから！」

遊園地デート、か。

放課後デート、休日デートときて、いよいよくるところまできてしまった気がする。未《いま》だに放課後デートでもドギマギして大変なのに、二人きりで遊園地に行くなんて一体全体どうなってしまうことやら……と、不安と緊張で今にも胃が破裂してしまいそうだ。

しかし、それでいて、ワクワクしているのも事実だった。

葉桜とパンクパークに行くなんて絶対に楽しいことになるに決まっている、と。

そんなアンビバレントな感情を開き直って丸ごと呑み込み、オレは静かに頷いた。

「……わかった」

変にウダウダ考えすぎてもしょうがない。

「今度の日曜日にでも行ってみるか」

「ホントですか！　やったぁ！」

オレの返答を聞き、葉桜《はざくら》は心底嬉《うれ》しそうにぴょんぴょこ飛び跳ねた。そして、短いスカートが思いっきり捲《まく》れてパンツが露《あら》わとなり、恥ずかしさに悶《もだ》えてうずくまる……という、黄金パターンを流れるように披露した。

……ちなみに、色はライムイエローでした。

▼

▼

▼

六々坂駅から乗り換えも含めて急行で一時間半、そこから更にバスで二十分弱かかってようやく到着する秘境の遊園地。

淀路野パンクパーク。

スチームパンクをモチーフにした珍しい遊園地で、建物もアトラクションもマスコットキャラクターもめちゃくちゃ凝った良いデザインなのだが……兎《と》にも角《かく》にも人気がない。人気がなさすぎることで定期的にバズるくらいだ。

SNSでネタにはなるが誰も行こうとはしない、というのが悲しい現実だ。

人気がない理由は大きく分けて三つある。

一つ目は、アクセスが悪いこと。地元民ならともかく、遠方から来るには電車とバスを駆使するのが非常に面倒臭い。しかも、バスの本数は一時間に一本あるかないかで、最寄り駅の周辺に時間が潰せるような場所がないことも含めて最悪だ。

二つ目は、スチームパンクという要素が子供受けしなかったこと。ジャンル的にこればかりはしょうがないが……遊園地として子供受けが悪いことは最悪だ。

そして三つ目は、園内のスチームパンク設定がガバガバでガチのスチームパンクファンから嫌われていること。子供受けを捨ててまでスチームパンクに力を入れたというのに、肝心なところで手を抜いてしまってコアファンから嫌われてしまう……という杜撰《ずさん》さは実に最悪だ。

そんな三つの最悪を兼ね備えつつも、オレは案外パンクパークが嫌いではない。何なら好きと言っても過言ではない。

設定がガバガバとはいえクオリティが高くて園内の雰囲気が良いことに変わりはないし、ガバガバな部分はツッコミどころとして笑えるし、何よりマスコットキャラクターが可愛いし……。

と、オレなりの愛をつらつらと語っていると、あっという間にパンクパークに到着した。

「わーっ！」

淀路野パンクパークに足を踏み入れて、葉桜は両手を挙げてぴょんぴょこ飛び跳ねた。

今日の葉桜の服装はＶＩＶＩで買った薄いピンクのニットワンピースだ。制服のスカートと違ってどれだけ飛び跳ねても捲れてパンツが見えてしまうことがないので、いつも以上にぴょんぴょこしている気がする。

しかし、スカートが捲れないとはいえワンピースがタイトな分、胸がぽよんぽよんと揺れ動く様が凄《すさ》まじくて結果的にとんでもない光景なのだが……。

眼福すぎて目の毒だ。

「実は、理比斗くんが買ってくれたパンツ穿《は》いてきたんですよっ。えへへ」

恥ずかしそうにもじもじしながら葉桜はとんでもないことを口にした。

「勿論《もちろん》、おそろいの指輪もしていますし……今日は理比斗くんフル装備です！」

通販サイトで注文したミントグリーンのパンツが脳裏を過《よぎ》り、それを葉桜が穿いている姿を鮮明に想像してしまい、オレは全身が熱く煮え滾《たぎ》るのを感じた。

「ちなみに、ブラジャーも追加で買ったので上下セットですのでご安心を！」

成程、ミントグリーンのブラジャー……ごくり。

って、ダメだ、ダメだ！

ただでさえ遊園地デートに緊張しているというのに初《しょ》っ端《ぱな》から、凄まじい乳揺れと下着申告を食らってすでにノックアウト寸前だ……！　このままでは身が持たない。気を引き締めなければ！　と、オレは気合いを入れ直した。

そんな決死のオレとは裏腹に葉桜は楽しげな足取りでパンクパークを駆けていった。

「すっごくすごいです！」

葉桜は興奮しすぎたあまり語彙力を失いながらも、パンクパークのエントランスを越えた先にある歯車街《ギアタウン》をキョロキョロと見渡した。

歯車街はアンティークな雰囲気の街並みが広がるパンクパークのメインストリートだ。至る所に歯車や蒸気機関を模したモニュメントが無秩序に蔓延《はびこ》り、真鍮《しんちゅう》製の街灯や機械仕掛《じか》けの看板など、スチームパンクの世界観がどっぷりと詰め込まれている。

正直な話、歯車街の外観だけなら最高にオシャレな遊園地だと誰もが満足できただろう。幸か不幸か、客が少ないこともあってどこでも人を気にせずに写真を撮り放題だし。

……だが、諸手《もろて》を挙げて褒められるのはここまでだ。奥に行けば行くほどガッカリ感が強まっていくのだ。

「ひめマユちゃん、いるでしょうか？」

「まぁ、適度に探しつつ、気楽にパンクパークを楽しむとしよう」

あまり躍起になって探し回っても疲れるだけだし、ともすればストーカーのようになってしまうからな。

「了解ですっ！」

いつもよりトーンを高くして葉桜は元気よく返事した。不人気のパンクパークとはいえ、遊園地に来てテンションが上がっているのだろう。

「理比斗くん！　パンクパークを堪能《たんのう》するためにも、おそろいのカチューシャをつけませんか！」

オシャレなショップを指差し、葉桜は満面の笑みを輝かせた。しかし、オレは目を伏せて首を横に振ることしかできなかった。

「カチューシャか。……残念ながら、パンクパークにはないな」

「そ、そんな……！　おそろいのカチューシャつけるの夢だったので……ショックが大きいです。およよよ」

ふにゃふにゃになってしょげる葉桜を見て、申し訳なく思いつつも妙な可愛《かわい》らしさにドキドキしてしまった。

「しょげるのはまだ早いぞ。パンクパークにカチューシャはないが、代わりのアイテムはあるからな」

「ホントですか！」

オレの言葉を聞くや否《いな》や、葉桜は一気に笑顔を取り戻した。オレ自身が表情の起伏が乏しいこともあり、表情がコロコロ変わる葉桜の百面相は見ていて気持ちが良いものがある。表情筋が疲れないのか気になるけれど。

「オレのオススメのショップはここだ」

そう言って、オレは行きつけの土産物屋に葉桜をエスコートした。

「おお～！」

土産物屋のレンガ造りの内装を見渡し、葉桜は歓喜の声を上げた。

パンクパークのキャラクターグッズだけでなく、多種多様の輸入雑貨がぎっしりと詰め込まれた店内は遊園地の土産物屋とは思えない牧歌的な雰囲気を漂わせている。輸入雑貨もヨーロッパ系のものだけでなく、中南米やアジア系のものも取り扱っていて非常にカラフルだ。個人的には珍しくて面白いデザインのアクセサリーが多いのが嬉しい。

「パンクパークにおけるカチューシャの代わりは、これだ！」

オレは高らかに言い放ち、棚を埋め尽くしている無数のシルクハットを指差した。

「し、シルクハット……？」

「ああ！　パンクパークにいる四人のマスコットキャラクターがそれぞれ被《かぶ》っているのと

同じデザインのシルクハットだ！」

「わぁーっ！　シルクハットがグッズだなんてオシャレで可愛いですね！」

葉桜は四種類のシルクハットを好奇心旺盛なキラキラした眼差《まなざ》しで見つめた。水色、ピンク、黄色、緑色……と、順番に見ていくうちに、とあることに気づいて不思議そうな表情で首を傾《かし》げた。

「あの……シルクハットの数に偏りがありませんか？　明らかに水色とピンクだけ多くて、黄色と緑色はとても少ないんですけど」

「人気格差だ」

ぬるりと残酷な言葉を口に出し、オレは隣の棚のぬいぐるみを指差した。

「わわ！　沢山のぬいぐるみ！　可愛いです！　あ……でも、やっぱり数の偏りが――」

葉桜が言う通り、棚に陳列されている四種類のぬいぐるみはシルクハットと同様に数の偏りが激しかった。それは、まるで世界の縮図のような気がしてオレは胸が痛くなった。

「……人気格差の説明をするついでに、キャラクターを紹介しておこう。まずは、そこのガスマスクを被ったネコの騎士。そいつはパンクパークの主役であり、一番人気のキャラ。ガスネコだ」

「わー！　駅の看板に描かれていましたもんね！　ネコちゃん可愛い～。あ！　この子が水色のシルクハットを被っているんですね！」

「ああ。だから、水色のシルクハットの量が一番多いんだ。そして、その横の蝶《ちょう》の仮面をつけたウサギ。こいつはラビィ。ヒロイン的ポジションのお姫様だ。数を見ればわかると思うが、二番人気だ」

水色のシルクハットのガスネコと、ピンクのシルクハットのラビィ、その二体で棚の約八割を占領している。

「で、こっちの片隅で埃《ほこり》を被っているヤツらがドグドグとゲコリーノ二世だ」

ドグドグはゴーグルをかけた犬の発明家、ゲコリーノ二世は立派なカイゼル髭《ひげ》を生やしたカエルの貴族だ。不人気の二人が被っている黄色と緑色のシルクハットは当然、売れることもなく量も少ないというわけだ。

個人的には一番不人気のゲコリーノ二世の姿が嫌われ者の自分と重なって、生々しいシンパシーを感じている。

「可愛いのに人気ないんですねぇ、可哀想《かわいそう》に」

眉をひそめながら葉桜はゲコリーノ二世のぬいぐるみの頭をよしよし、と撫《な》でてあげた。が、手のひらに埃がついたことに気づいて顔をしかめて後退《あとずさ》った。

「……元々、ゲコリーノ二世はガスネコの妹を毒薬で殺害した悪役だったからな」

「え」

突然のオレの言葉に葉桜《はざくら》は面食らった様子で固まった。遊園地のキャラクターの話でいきなり毒薬で殺害、というワードが出てきたのだから当然だろう。オレも初めて知った時は同じリアクションをしたものだ。

「パンクパークが不人気な理由の細かい要因としては、キャラクターのストーリーが無駄に重いっていうのもあるんだ。殺人、不倫、裏切り、ネグレクト、洗脳……と物騒なワードばかりだ」

「ええぇ……」

「しかし、最近は流石《さすが》に暗くしすぎたと反省した運営がストーリーを一気に明るくして、ゲコリーノ二世が殺害したガスネコの妹が蘇《よみがえ》ったりしたんだが……それはそれで、パンクパークの原理主義者から非難されてしまってな」

「色々と大変なんですね……」

可愛らしい見た目とは裏腹に沢山の業を背負ったキャラクター達を見つめ、葉桜は何とも言えない表情を浮かべた。

「んっ。……はぁ、はぁ……。気持ちよかったぁ……っ」

うっとり、と恍惚《こうこつ》な表情で葉桜はとろける声を漏らした。

「えへへ。あんなに大きな声を出して叫んだのは初めてだったので、気分爽快ですっ！」

葉桜は開放感たっぷりな笑顔で気持ち良さそうに伸びをした。

「そ、そうか……それは……よかった」

対するオレは、掠《かす》れた声を漏らして微《かす》かに頷《うなず》くことしかできないくらい、グロッキー状態に陥っていた。

▼

▼

▼

土産物屋でシルクハットを買ったあと、その足で向かったのは飛行船を模したジェットコースター・スカイツェッペリン。……思い出すだけでも吐き気を催すほど、うねりにうねりまくる相当ハードな絶叫マシンだったのだ。

絶叫系がニガテなオレにとっては地獄以外の何物でもなく、三半規管をぐちゃぐちゃにされた末にご覧の有様《ありさま》、というわけだ。

……それにしても、スカイツェッペリンはパンクパークで一番人気のアトラクションとして有名なのだが、待ち時間ゼロで、更にはオレ達二人で貸し切り状態だったのは流石のパンクパーククオリティだ。

「理比斗《りひと》くん、大丈夫ですか？　一先《ひとま》ず、ベンチで休憩しましょうか」

真鍮製の時計塔のシンボルがある広場のベンチに腰を下ろし、オレはぐったりと項垂《うなだ》れた。そんなオレを心配そうな眼差しで見つめ、葉桜はペットボトルのほうじ茶を差し出してくれた。

「飲みます？」

「あ、ああ……助かる」

受け取ったほうじ茶で喉を潤し、オレは軽く一息《ひといき》吐《つ》いた。葉桜の優しさのおかげか動悸《どうき》は少しずつ落ち着いてきているが、未《いま》だに脳みそがぐるぐると回っている気がする。

「折角の遊園地デートなのに、すまん……」

待ち時間ゼロの絶好の機会なのだから、絶叫マシンをもっと楽しませてあげられたら良かったのだが……と、オレは己の三半規管の弱さを憎悪《ぞうお》した。

「いえいえ！　そんなに謝らないでくださいっ。むしろ、絶叫系がニガテなのに付き合わせちゃったことが申し訳ないです……」

葉桜はピンクのシルクハットを被った頭をぺこり、と下げて謝罪の言葉を口にした。

「そうだ。……ちょっと、横になりますか？」

穏やかな声色で言って、葉桜は自らの太ももをぺちぺちと叩《たた》いた。

「……ぁぁ」

ムチムチの太ももを前にして、いつもならキョドったり、童貞丸出しのリアクションをするところだが……グロッキー状態で頭がまともに動かない今は何も言い返すことができず、あろうことか、ボーッとしたまま葉桜の太ももに身を委ねてしまった。

……やわらかっ！

頭を支えてくれている太ももの信じられないほどの柔らかさに、オレは身も心もとろけてしまいそうだった。絶叫マシンという地獄から一転して、この世のものとは思えない天国の柔らかさだ。……ああ、このままでは更に頭がどうにかなってしまいそうだ。

と、ふわふわと夢見心地になっていたところ……突然、ぐぐぐぐぅ～という重低音が耳元に響き渡ってオレは驚きのあまり飛び起きてしまった。

「な、なんだ今のは……！」

地鳴りか？　猛獣の唸《うな》り声か？　と、あたふたと周囲を見渡してみたが、特に異変は見当たらなかった。ふと、葉桜に視線を向けてみると、自らのおなかを押さえて顔を真っ赤にしていた。

「えへ、えへへ……おなか空きすぎて鳴っちゃいました」

おなかの音だったのか……とオレはまぬけな真相にガクッと項垂れた。しかし、驚いたことで頭がシャッキリと覚醒して元気になっていることに気づき、結果オーライだと頬を緩めた。

「そろそろ良い時間だし、昼メシでも食いに行くか」

ランチタイムど真ん中で普通の遊園地なら行列は免《まぬが》れないだろうが……ここは泣く子も黙る不人気遊園地パンクパークだ。と、悲しい信頼感と共にオレは苦笑いした。

▼
▼
▼

歯車街を東に行った先の時計塔広場には飲食店が多数ある。が、ちゃんとスチームパンクっぽい外観のレストランもあれば、まったくスチームパンク要素がない洋食屋や中華料理屋、更には普通の和食料理屋までがごちゃ混ぜになっている。

良くも悪くも多国籍で、個人的には闇鍋をぶちまけたような雰囲気は結構好みなのだが……正統派のスチームパンクファンからは詰めが甘すぎる、と非難囂々《ひなんごうごう》らしい。その気持ちも大いに理解できる。

「あ！　理比斗くんっ」

オレの脇腹をちょんちょこ突っついて葉桜は声を荒らげた。

「あそこ見てください！」

葉桜の指差した先には、オーバーサイズの水色ジャージを着た水色メッシュの金髪ギャル・ひめマユが歩いていた。ガスネコモデルの水色のシルクハットを被《かぶ》ってパンクパークを満喫している様子だが、周りに彼氏や友達がいる気配はまるでない。

一人で遊園地に来ているのだろうか？　オレは一人で通っていたことがあるけれど……人気者のギャルが一人で寂れた遊園地にわざわざ来るなんてあり得るのか？　後々で彼氏と合流するのならあり得なくはないが……。色々と妙だな。

「早速、声をかけてきましょうか！」

「いや。いきなり声をかけたら逃げられるかもしれないし、少し様子を見てみよう」

下手に声をかけて、あとからやってきた彼氏と鉢合わせしたりしたら気まずいしな。

「成程！」

了解です！　と言いかけた寸前で葉桜のおなかが再び、ぐぅーとまぬけな音を鳴らした。

「えへ……おなかの音で了解しちゃいました」

頰を赤らめて照れ笑いする葉桜の可愛《かわい》さに悶絶《もんぜつ》しそうになったが、オレは必死に耐え忍んだ。ここで取り乱したら葉桜に気持ち悪がられるかもしれないし、騒ぎすぎたらひめマユに見つかってしまうかもしれないのだから……と決死の覚悟で唇を噛《か》み締めた。

そうこうしている間に、ひめマユはちょこちょことした足取りで小洒落《こじゃれ》た洋食屋に入っていった。

「丁度良いし、オレ達もここで食うか」

「こっそり追いかけながらごはんを食べるなんて、スパイみたいでワクワクですっ」

はしゃぐ葉桜と共に小洒落た洋食屋に入ると、店内は想像通り——いや、想像以上に、すっからかんだった。軽く見渡す限り、客はオレ達とひめマユだけだ。どう見ても店員の方が多い。

「ひめマユにバレないよう、静かにな」

「はいっ」

ひそひそ声で会話しつつ、ひめマユの席から死角の席に腰を下ろした。

ひめマユは手慣れた様子で注文を終え、気の抜けた表情でスマホをいじっている。待ち合わせ中の彼氏と連絡をしているのだろうか？　それにしては随分、覇気のない表情をしている。……デート前の女子は案外ああいうものなのかもしれないが。

注文を終え、葉桜と他愛もない雑談をしながら待っていると、ひめマユの席にウェイターが料理を運んできたことに気がついた。

ひめマユが注文したのは、スチームパンク要素が皆無の普通のたらこパスタだった。

オレは首を傾《かし》げてひめマユの動向に注目した。

ひめマユはウェイターが去って行くのを注意深く確認したあと、水色のシルクハットを外して、カバンの中から奇妙奇天烈《きてれつ》な物体を取りだしたのだ。

それを見た瞬間、オレは思わず悲鳴を漏らしてしまいそうになった。

「な、なんですか……あれ」

流石の葉桜もドン引きして目を丸くした。

ひめマユがカバンから取り出したものは……手の模型だった。

浅黒い肌のゴツい男性の手首から先を模したそれは妙にリアルで生々しく、遠目から見ると本当の人間の手にしか見えなかった。小洒落た洋食屋のランチタイムには不釣り合いなグロテスクさにオレ達は戦慄した。

「もしかして……あれがギャルの最先端なんでしょうか？　もしくは、オトナの嗜《たしな》みとか？　だとしたら、学び取らなければいけませんねっ……メモ、メモ」

仰天の出来事に混乱しているのか、ただアホなのか、葉桜は真面目な表情でメモを取り始めた。……いかん。このままでは葉桜がおかしな方向に歪《ゆが》んでしまう！

いや、しかし、リアルな手の模型を持ち歩くのが本当にギャルの最先端だとしたら？　SNSで流行《はや》っているのだとしたら？　と、悶々《もんもん》と考えてみるものの、あんな不気味なものが流行だとは到底思えなかった。

それなら、ひめマユが手に興奮する性癖だと考えた方がまだ可能性はありそうだが……。

ひめマユはパスタを絡《から》めたフォークを手の模型に器用に持たせ、自撮り棒を併用して自分の顔に近づけさせている。さながら、手の模型にパスタをあーんしてもらっているかのような構図だ。

更にひめマユはスマホを構え、手の模型に向けて小悪魔チックな笑みを浮かべたり、頬を膨らませたり、舌を出して微笑《ほほえ》んだりしていた。どうやら、シャッター音が鳴らないアプリで自撮りをしているようだ。

そんな奇怪な行動を見ているうちにオレは不可解な符合に気がつき、ゾッとした。

ひめマユが持っている手の模型と、SNSにアップされていたひめマユの彼氏の手が酷似しているのだ。いかついサイズ感、肌の浅黒さ、骨張っているゴツさ、それら全てがそっくりそのままなのだ。

彼氏が好きすぎて、手の模型を作ってしまったのだろうか？

手の模型と写真を撮ることで、彼氏と会えない寂しさを穴埋めしているのだろうか？

……と、頭を捻《ひね》っているとテーブルから香ばしい匂いが漂っていることに気がついた。注文していた料理がいつの間にか届いていたようだ。

オレの前にはカルボナーラ、葉桜《はざくら》の前には大盛りボロネーゼと大盛りライスが置かれている。

いつまでも悩んでいても答えは出ないし、先に食べるとするか。料理を目の前にして、今にもよだれを垂れ流しそうな表情でぷるぷるしている葉桜をこれ以上ガマンさせるのは可哀想《かわいそう》だ。

「食うか」

「はいっ！　いっぱい食べて元気をチャージしましょう！　それでは、いただきます！」

むしゃむしゃとパスタとライスを貪る葉桜を横目に、オレは再びひめマユを一瞥《いちべつ》した。すでに自撮りは終えたようで、手の模型はカバンにしまい込んで黙々と食事をしている。その表情は一仕事を終えたかのようで、奇妙な爽快感に溢《あふ》れていた。

▼　▼　▼

食事を終えて洋食屋を出たあと、オレ達はひめマユをこっそりと尾行し続けた。コソコソとつけ回すのは申し訳ない気持ちにはなったが、手の模型のことを筆頭に色々と気になることばかりなのだからしょうがない、とオレは開き直ることにした。

ひめマユは目的地が決まっている様子で、確固たる足取りでパンクパークをスタスタと突き進んでいる。

「ひめマユちゃん歩くスピードすごく速いですね」

「ああ。しかも、オレも知らないような隠し通路を使ってショートカットをしているし、相当パンクパークを歩き慣れているようだな」

どんどん奥地に進んでいくと、次第にパンクパークのマイナス要素が如実《にょじつ》に露《あら》わとなっていった。

まず目に入ったのは、普通極まりないメリーゴーランド。

どこをどう見てもスチームパンク要素がまるでない、メルヘンな普通のメリーゴーランドだ。馬に歯車をつけるなり、真鍮《しんちゅう》の鎧《よろい》をつけるなり、少しでもスチームパンクに寄せてくれてもいいのに……という、トホホな残念感が漂っている。

更に、普通のゴーカート、普通のコーヒーカップ、普通の観覧車……と、スチームパンクモチーフの遊園地にいることが嘘《うそ》かのような光景が広がっていく。もはや、普通という言葉はおこがましく、低クオリティと言った方が正しいほどのチープさだ。

そんな残念な観覧車の前でひめマユは立ち止まり、水色のシルクハットを被り直して穏やかな表情を浮かべていた。

ここが目的の場所だったのか？　こんなところで彼氏と待ち合わせでもしているのだろうか？　……と身構えていると、観覧車の向こう側からずんぐりむっくりな着ぐるみが現れて、モタモタとひめマユに近寄っていった。

ガスマスクを被ったネコの騎士。パンクパーク随一の人気者、ガスネコだ。

「わわっ、ガスネコですっ！　わー！　実物は更に可愛いですね！」

周囲のチープな雰囲気とは対照的に、ガスネコのデザインが非常に凝っているのが余計にパンクパークのチープなチグハグさを醸《かも》し出している。

もしかして、ひめマユはガスネコに会いにきたのか？　パンクパークガチ勢ならば、キャラクターが現れる場所と時間は熟知していてもおかしくはない。と、首を捻っていると、唐突にひめマユとガスネコがズンドコと踊り始めた。

「な、なんだアレ……？」

おどけた感じのヘンテコなダンスを踊るひめマユとガスネコを眺めて、葉桜は無邪気な笑顔をキラキラと輝かせた。「可愛くて可愛いですっ！」とテンション上がりすぎて、いつものように語彙力がなくなってしまっている。

ひめマユもガスネコも慣れた調子で踊っているが、スマホで撮影しているわけではなさそうだった。ＳＮＳに動画をアップするために踊っている、という理由なら納得できたのだが……。

手の模型に続き、撮影するわけでもなくガスネコと踊るという奇行。謎が謎を呼ぶ展開にひめマユの底知れない深淵《しんえん》を感じてオレはガクブルと震え上がった。もしや、オレが想像している以上にひめマユは闇が深いヤツなのか……？

ひとしきり踊ったあと、ひめマユはガスネコに礼儀正しく頭を下げ、力強い足取りで歩き始めた。それに伴い、オレ達も再びコソコソと尾行を続けた。

ひめマユが向かった先は異国情緒溢れる屋台通りだった。

ケバケバしいほどに華やかな光景は先程までとはまた異なるチープさを醸し出している。数多くの屋台が無秩序に立ち並んでいるが言うまでもなく、スチームパンク要素は皆無だ。

屋台では十円パン、タピオカ、フルーツ飴《あめ》、ナタデココ、２Ｄケーキ、カヌレ、パンケーキ、レモンコーヒー、マリトッツォ……などなど、令和と平成の新旧オールスターがごちゃ混ぜになって売られていた。

「わーい！　十円パン買っちゃいましたー！　あちちっ」

葉桜は早速、屋台で買った十円パンに齧《かじ》りついて満面の笑みを浮かべていた。

「んっー！　おいしーです！　チーズがうにょーんってします！　うにょーん！」

十円パンから伸びるチーズを堪能《たんのう》する葉桜が非常に微笑ましい。オトナを目指しているところ悪いが、葉桜のこういう無邪気で子供っぽい部分は最高の魅力だと思う。

「昼メシ食ったばかりなのにすごいな……」

葉桜が十円パンの伸びるチーズと格闘する様子をほっこりと眺めたあと、オレはひめマユの行動に注目した。今度はどんな奇行を繰り広げるのか、怖いもの見たさで心臓が高鳴っている。

ひめマユは串に刺さった小ぶりのアジフライを二つ購入していた。屋台の看板を確認すると、それはポケットアジフライという名前の新商品らしい。

そして、ひめマユはまたしても水色のシルクハットを外し、カバンの中から手の模型を取り出した。……何度見てもカバンから人間の手が出てくるのはギョッとする。

昼メシの時のように、ポケットアジフライを手の模型に持たせてひめマユが自撮りしているのを見守っていると、二つ目の十円パンに齧りついていた葉桜が「あ！」と声を上げた。

「ひめマユちゃんがSNSに投稿しましたっ」

葉桜が見せてくれたスマホの画面には、小悪魔チックな笑顔のひめマユと浅黒い彼氏の手がアジフライをクロスさせている写真が映っていた。更に『彼氏とオシャレスポット満喫中！　新商品のポケットアジフライ可愛《かわい》くない？　ハートみたいな形だし食べたら恋愛運上がっちゃうかも！』と文章が添えられている。

「なんだこれ……」

愕然《がくぜん》とするオレの隣で葉桜もチーズをうにょーんとさせながら強く頷《うなず》いた。

「驚きですよね……！　まさか、アジフライに恋愛運を上げる効能があったなんて！」

「いや、それはどうでも良いんだが」

アジフライに夢中になっている葉桜を適当にあしらい、ひめマユの投稿を凝視した。

彼氏とオシャレスポット満喫中？　確かに、写真だけ見ると彼氏とイチャイチャしているように見えるが……実際は、まるで違う。不人気な遊園地で手の模型と共に自撮りをしているだけだ。

まさか、手の模型が彼氏そのものなのか？　とホラー展開を想像して戦慄《わなな》いていると……ひめマユがオレ達を睨《にら》みつけていることに気がついた。どうやら、ＳＮＳの内容に愕然として騒いでしまったせいで尾行がバレてしまったようだ。

「筧理比斗《かけいりひと》……ッ！」

ひめマユは鬼の形相でドタバタと走って、オレ達の前までやってきた。

「それに……葉桜ちゃんっ」

「こんにちはー」

「こんにちはー。……じゃなくて！」

礼儀正しく挨拶をした葉桜に空気を乱されながらも、ひめマユは水色のネイルでゴテゴテした人差し指をオレの顔に向けて突き出した。

「なんで、あんた達がこんなところに！　というか、いつから見てたの……！」

「い、いつからと言われると……その、えーっと」

口ごもるオレの表情から察したのか、ひめマユの顔色はどんどん青ざめていった。

「……すまん」

オレは静かに頭を下げた。

「少し、話をしたいんだが良いか？」

「うぐ……」

ひめマユは観念した様子で力なく項垂《うなだ》れた。

▼　▼　▼

茜色《あかねいろ》に染まった夕方の遊園地はどこか切なくて、世界の終わりを予感させる儚《はかな》さを纏《まと》っていた。それに加えて、夕陽《ゆうひ》のおかげで真鍮のモニュメントの色味が映えて、明るい昼間よりも全体的にスチームパンクっぽさが濃くなっていた。

そんなエモーショナルな雰囲気の時計塔広場で、オレ達は歯車仕掛《じか》けのベンチに腰を下ろした。

「はぁー」

ひめマユは深いため息を勢いよく吐き出し、やるせなさそうに肩をすくめた。

「で、いつから見てたわけ？」

投げやりな問いかけ方だったが、ここで変にはぐらかしても意味はないだろうと判断したオレは正直に話すことにした。

「昼メシを食っている時からだ。つい出来心で覗《のぞ》き見をして、コソコソと後をつけてしまった。……本当にすまん」

「ご、ごめんなさいっ」

謝罪するオレと葉桜の顔を交互に見つめ、ひめマユは自嘲的な笑みを浮かべた。

「マジかぁ、めちゃくちゃ見られてるじゃん。……じゃあ、今更隠しても無駄だよね」

そう言って、ひめマユはカバンの中から手の模型を取り出した。

「これがあたしの彼氏のカラクリ。……あ、別に手の模型に恋しているとか、誰かの手を模して思いを馳《は》せているとか、そんな重いストーリーはないから安心して」

早々にホラーな展開を否定してくれてオレはホッと安堵《あんど》の息を漏らした。

「ただ、彼氏がいるフリをするために必要だからさ」

「彼氏がいるフリ……？」

「うん。あたし、彼氏なんかいないから」

続ける言葉を逡巡《しゅんじゅん》しているのか、ひめマユは口を何度も開閉した。それから少しの間を置き、大きく息を吸って、その勢いに乗せて言葉を吐き出した。

「──あたし、恋愛経験ゼロなんだ」

ひめマユの放った言葉に対し、オレは返す言葉を瞬時に選び出すことはできなかった。

嘘だろ、と驚くことは容易《たやす》かったが、こんな状況でひめマユが嘘を言うはずがないことはわかりきっていた。

「ついでに言うと、男の人がニガテというか……嫌いなんだよね」

オレの顔を申し訳なさそうに一瞥《いちべつ》し、ひめマユは眉を八の字に曲げた。

隣のクラスで人気のギャルが実は彼氏がいなくて、恋愛経験ゼロで、男嫌い。想像だにしていなかった真実にオレは言葉を失った。

「でも、あたしはリアルでもネットでも人気のギャルだから、そんなことバレたら幻滅されちゃうでしょ？　だから、この模型を使って彼氏がいるフリをしてたってわけ」

手の模型を夕焼け空にかざして、ひめマユは切なげに微笑《ほほえ》んだ。

「ちなみに、みんなからの恋愛相談には漫画とかネットの知識を総動員して頑張ってアドバイスしてたんだ。付け焼き刃だけど、案外何とかなるもんだね。あはは……」

「……」

ストーキングをしておいて何だが、ひめマユの真実はセンシティブでナイーブなものだった。だからこそ、どこまで踏み込んで良いのかが非常に難しい。……と、悩んでいると突然、葉桜《はざくら》が挙手をして開口した。

「あ、あの！　質問をしても良いですかっ」

「ん。……良いよ、葉桜ちゃん」

ふわふわの金髪を指に絡《から》めて弄びながら、ひめマユはゆったりと頷いた。

「さっき、ガスネコと踊っていた理由が聞きたいな、と……」

「あはは、そんなところまで見られてたんだ。恥ずかしっ」

葉桜の質問にひめマユは気怠《けだる》げに笑った。突拍子もない質問だったが、葉桜なりにもどかしい空気を何とかしようとしてくれたのだろう。

「SNSでバズるためのダンスの練習だよ。一人で踊ってるとミスに気づかないことがあるからさ。パンクパークに通っているうちにガスネコと仲良くなって、一緒に練習してくれるようになったんだ」

辺鄙《へんぴ》な遊園地のキャラクターだからこそ、暇な時間にひめマユのダンスの練習に付き合ってくれている、ということか。

「あたしさぁ、パンクパークがちっちゃい頃から大好きなんだ。ネットではボロクソに言われてるし、ボロクソに言われる理由もわかるんだけどね。……それでもあたしはこの遊園地が大好き」

「ツッコミどころは多々あるが、細かいことを気にしなければ良い遊園地だよな」

シニカルに笑うオレを見て、ひめマユもニヤリと頬を緩ませた。

「わかってるじゃん」

「年間パスポートを持っているからな」

おもむろにゲコリーノ二世デザインのパスポートケースを取り出し、オレはドヤ顔で見せつけた。ひめマユは驚いた様子で大きな目を更に見開き、カバンの中からガスネコデザインのパスポートケースを引っ張り出し、高らかに掲げてみせた。

そして、オレ達はパンクパークを愛する者同士、言葉ではなく心で理解し合った。パスポートケースを持っていない葉桜は一人、所在なさげにあたふたとしていた。

「……パンクパークって人がいないから自由に写真撮れるし、知り合いに会う心配もないし、ガスネコとダンスの練習もできるし、屋台通りで今後バズる可能性のあるものを探せるし、理想のギャルを演じるためには絶好の場所なんだ」

ひめマユの語る真実は、どれもこれも努力が滲《にじ》んでいるものばかりだった。

彼氏がいないことがバレないようにわざわざ手の模型を用意して写真を偽装したり。恋愛相談に答えられるように漫画やネットの知識を総動員したり。SNSでバズるためにダンスの練習をしたり。流行を先取りするために屋台通りをチェックしたり。

リアルでもネットでも人気のギャルを演じるための、たゆまぬ努力。

しかし、それは——そんなひめマユの姿は、文学少女を演じていた葉桜と重なって見えてしまった。ひめマユもまた、みんなの理想を体現するために、みんなを幻滅させないために、無理をしているんじゃないか、と。

「これは感情論かもしれないけど、理想のギャルであり続けるためならあたしは何だってやるつもり。嘘《うそ》偽り何でもござれだよ。だってさ、可愛い着ぐるみの中身がおっさんだとしても、それを露《あら》わにしないプロ意識って最高にカッコいいじゃん？」

そう言って、ひめマユは偽悪的な笑みを漏らして自らのエゴを曝《さら》け出した。

「あ！　言っとくけど理想に殉じているわけじゃないからね。無理してないし、義務感でやっているわけでもないし。というか、あたしはチヤホヤされるのが大好きな承認欲求の塊だから！　つまり、ギャルを演じるのは趣味と実益を兼ね備えているってわけ！」

赤裸々なひめマユに対し、葉桜は目を伏せて弱々しく微笑んだ。

「ひめマユちゃんは本当にすごいですね。……私は文学少女をそこまで貫くことはできませんでしたから」

「……葉桜ちゃん」

ひめマユはどこか儚さの灯《とも》った眼差《まなざ》しで葉桜を一瞥して肩をすくめた。そして、急に真剣な表情に切り替えてから頭を深く下げた。

「ごめん！」

「え、え、え？　ど、どうしちゃったんですか、頭をあげてくださいっ」

慌てふためく葉桜に頭を下げたまま、ひめマユは謝罪の言葉を淡々と連ねていった。

「あたしね、葉桜ちゃんのことを勝手に同類だと思ってシンパシーを感じてたんだ。文学少女とギャルの違いはあるけど……みんなの理想を体現しているところはおんなじだったから。それに、恋愛経験ゼロってところも」

ひめマユの言葉はか細く、震えていた。

「だから……葉桜ちゃんが文学少女を辞めたのを見て、筧理比斗と一緒にいるのを見て、勝手に失望しちゃったんだ。今更だけど最悪だよね。こんなのただの理想《エゴ》の押しつけだもん。……本当にごめんなさい！」

思い詰めた様子で必死に謝罪するひめマユに対し、葉桜は「大丈夫ですよ」と穏やかに微笑んだ。それは、いつもの天真爛漫《てんしんらんまん》な笑顔とは一線を画す、全てを受け入れてくれるような——さながら女神のような包容力に溢《あふ》れた優しい笑顔だった。

「ありがとう、葉桜ちゃん」

ひめマユは頭を上げて、葉桜に向けて精一杯の笑みを返した。

「……なぁ、ひめマユ。オレからも質問をして良いか？」

オレの問いかけにひめマユはわざとらしくニカッと笑った。そして「あたしが理想のギャルに拘《こだわ》っている理由でしょ？」とオレの心の内を見透かすように言って、ゆっくりと立ち上がった。

「いいよ。もう、ここまで喋《しゃべ》っちゃったんだし、開き直って全部教えてあげる」

真っ赤な夕陽に照らされて水色メッシュの金髪がまばゆく煌《きら》めいた。

「あたしはなりたいんだ。……絶対に誰も裏切らない理想のギャルに」

そして、ひめマユは切なさと儚さが混じった声色で語り始めた。

▼

▼

▼

「中学生の頃、あたしはオシャレなんてしたことのない地味なオタクだったの」

ド派手な現在からは想像もできない過去をひめマユは淡々と吐き出していった。

「友達もいなくて、まともに喋れなくて、どうしようもないクソ陰キャ。……そんなあたしに優しく声をかけて、手を差し伸べてくれて、仲良くしてくれたのが渡良瀬《わたらせ》先輩だった」

「渡良瀬先輩？」

「うん。渡良瀬雅《みやび》ちゃん……。あたしの、ギャルの先輩」

甘い思い出をゆっくりと噛み締めるようにひめマユは目を伏せた。

「渡良瀬先輩は男女問わず、陽キャ陰キャ構わず、誰にでも分け隔てなく接してくれるギャルだった。まるで、漫画から飛び出してきたような……オタクに優しいギャルだったんだ。カッコよくて、可愛《かわい》くて、大人びていて、でも時々すごく子供っぽくて、ひたすらに魅力的な人だった」

だった、という言葉が次の展開を予感させ、オレは静かに息を呑《の》んだ。

「……渡良瀬先輩は彼氏ができてから変わっちゃったんだ。彼氏の影響でギャルを辞めて、みんなと関わりを持たなくなって、私生活も荒れて滅茶苦茶《めちゃくちゃ》になって……あたし達が憧れていた理想のギャルはどこにもいなくなってしまったの」

目尻に薄《うっす》らと滲んだ雫《しずく》をジャージの袖で拭い取り、掠《かす》れた声でひめマユは言葉を続けた。

「渡良瀬先輩が変わった理由は、あたしには男にたぶらかされたようにしか思えなかった。……それからかな、あたしが男の人を嫌いになったのは。どうせ、他の男の人も同じようなもんなんだろう、って思えて仕方がなかったんだ」

過去のトラウマを語りながらも、沈む夕陽《ゆうひ》をバックにひめマユは力強く笑った。それは決して無理をしているわけではない、自暴自棄になっているわけでもない、心の底からの晴れやかな笑顔だった。

「だからこそ、あたしはギャルになったんだ。渡良瀬先輩みたいな理想のギャルをあたし自身が体現するために！　そうしないと渡良瀬先輩との楽しかった思い出までもが薄汚れてしまう気がしたから……」

理想のギャルの失墜にひめマユは絶望することなく、むしろ奮起して自分自身が理想になることを選んだ。

それはきっと、想像以上に修羅の道だったはずだ。男嫌いにもかかわらず彼氏がいるフリをして、みんなに自分と同じ思いをさせないためにたゆまぬ努力を貫き続けているのだから。

隣のクラスで人気のギャルの正体は、努力と理想で象《かたど》られた存在だったのだ。

「……あははっ、柄にもないシリアスな話しちゃった」

乾いた笑い声を無理矢理吐き出したひめマユを一瞥《いちべつ》し、オレは頬を緩めた。

「成程な、だからオレを目の敵にして宣戦布告したってわけか」

ひめマユにとって、葉桜をイメチェンさせたオレと、渡良瀬先輩をたぶらかした男は重なって見えたのだろう。

「ご、ごめん――」

「いや、責めてるわけじゃない。嫌われるのは慣れているからな」

ひめマユの謝罪を途中で遮って、オレは苦笑いをしながら「とはいえ、一つだけ言わせてくれ」と付け足した。

「オレは、お前が思っているような男じゃない」

「……え？」

オレの顔を恐る恐る見上げて、ひめマユは微《かす》かに小首を傾《かし》げた。

「オレは、葉桜をたぶらかすような……女殴ってそうな男ではない、ということだ。……

端的に言うならばオレは恋愛経験ゼロの……童貞なんだッ！」

オレの童貞宣言にひめマユは口をポカーンと開けて固まってしまった。

ひめマユの秘密を知った以上、オレも何か秘密を曝け出すべきだと思い立っての発言だったのだが、これは言わない方が良かったパターンだろうか？　シリアスな雰囲気をぶち壊してしまっただろうか？　ある種のセクハラだろうか？　と、オレは冷や汗をダラダラと垂れ流した。

が、ひめマユはそれを否定することなく、嫌悪《けんお》することもなく、大きな目を更に大きく見開いてオレを見つめた。

「ほ、ホント？」

「……ああ、本当だ」

「ホントに、ホント？」

「本当に本当！　正真正銘の童貞だ！」

ひめマユはしばらくオレの顔をジロジロと眺めて「この見た目で信じられないけど……嘘ついてるようには見えないもんなぁ」と顔を綻ばせた。

「あ！　ど、童貞だからってバカにするつもりはないからね！　あたしも同じだしっ。ただ、何というか……ちょっぴりシンパシー感じちゃったから……」

上目遣いでオレの顔を見つめたまま、ひめマユは頬を薄らと赤く染めてはにかんだ。その表情にはこれまでのひめマユのイメージとは異なる奇妙な可愛らしさが溢れていた。

「……ん？　ちょっと待って？　それじゃあ葉桜《はざくら》ちゃんとの関係は一体何？　恋愛経験ゼロってことは、二人は付き合ってないの？」

「はい！　師弟関係です！　理比斗《りひと》くんは私をオトナにしてくれるお師匠様なので！」

元気いっぱいに即答した葉桜を見て、ひめマユはクスクスと笑った。

「何それ！　あははは！　でも、何だか面白そうで良いねっ」

打ち解けた様子で朗らかに笑い合う葉桜とひめマユを眺めて、オレは心がほっこりと温かくなるのを感じた。

「ひめマユ。オレの方こそ謝罪をさせてくれ」

「え？」

「すまん！　オレもお前のことを酷《ひど》く勘違いしていた」

深々と頭を下げたオレを見つめて、ひめマユは「ちょ、ちょっと何であんたまで謝るの！」と驚き戸惑った。しかし、オレもさっきのひめマユと同様に微動だにすることなく、そのままの状態で思いの丈を全て口にした。

「最初、お前のことはもっと嫌なヤツだと思っていたんだ。いきなり宣戦布告されるくらいだからな。オレのことをSNSで晒《さら》しあげて社会的に抹殺するつもりなんじゃないか、と考えてビクビクしていたこともあった」

「あはは、流石《さすが》にそんな酷いことしないって」

「ああ、今ならわかる。お前はそんなヤツじゃない。今日一日の行動を見て、そして、さっきの言葉を聞いて痛いくらいに思い知ったよ」

人気のギャルを貫くためのたゆまぬ努力。理想を体現しようとする揺るぎない覚悟。チヤホヤされるのが大好きと言ってしまえる赤裸々な精神。それら全て、ひめマユの生き様そのものがオレにとっては滅茶苦茶に眩《まぶ》しいものだった。

眩しすぎて、堪《たま》らずに目を逸《そ》らしてしまいそうなほどに。

「正直すごいな、って……人としてカッコいいな、って思ったよ」

「か、かっこいい？　あたしが？　な、何言ってんの！　こんなの、ただカッコつけてるだけだよ！　恋愛経験ゼロなのに無理して姉御肌なギャルを演じているようなヤツだよ、あたし！　あははは、笑っちゃうじゃん！」

軽薄に笑いながら狼狽《うろた》えるひめマユを見据えて、オレは静かに口を開いた。

「オレはお前を笑わない」

そう言い切ったオレを見つめて、ひめマユは呆然《ぼうぜん》と立ち尽くした。わざとらしい笑顔が少しずつ薄れていくと共に、真っ赤な顔にはしおらしい感情がじわじわと浮かび上がっていった。

そして。

「あ……え、えと……うっ……んぅ」

ひめマユは言葉にならない嗚咽《おえつ》を漏らし、オレと葉桜の顔をチラチラと交互に見つめたあと、次の瞬間には大粒の涙をボロボロと零《こほ》して泣き出していた。

「ひ、ひめマユ？　す、すまんっ」

止めどなく涙を流してしゃくり上げるひめマユをどうして良いかわからず、オレは頭を抱えて右往左往する他なかった。

「変なことを言って傷つけてしまったのなら、本当にすまん！」

「……ちがうよ、ばか」

涙を流し続けたまま、ひめマユははにかむように微笑《ほほえ》んだ。

「安心したら泣けちゃっただけ」

「……安心？」

キョトンとするオレの顔を一瞥してから、夜の闇に染まっていくパンクパークを見渡してひめマユは力なく頷《うなず》いた。

「うん……。あたしね、本当は怖かったんだ。開き直って秘密を全部喋っちゃったから……こんなあたし、笑われちゃうんじゃないかって。それに、みんなにバラされたらどうしようって……ずっと、不安で」

そこまで言って、ひめマユは再び頭を下げた。

「ごめん。本音を言うと……脅されるくらいは覚悟してた」

「おいおい、流石にそんな酷いことするわけないだろ」

冗談めかしてツッコんだオレに対し、ひめマユは嗚咽まじりの声で「見た目で判断して本当、ごめん」と何度も何度も謝罪の言葉を口にして、頭を下げ続けた。その姿があまりにも痛ましく、心苦しくなったオレは思わず手を伸ばし――

「もう謝るな。お前は何も悪くない」

――ひめマユの頭を優しく、ぽんぽんと撫《な》でてしまった。

「……ッ！」

手のひらの中で小さな頭が小刻みに震えていることに気づき、オレは慌てて手を引っ込めた。雰囲気に呑まれて勢い任せに頭を撫でてしまったが、冷静に考えたらオレは一体全体何をやっているんだ！　女子の頭を軽々しく撫でてしまうだなんて……！

「す、すまんッ！」

「ぷっ！」

全力で謝罪するオレを見て、ひめマユは吹き出した。

「あたしに謝るな、って言っておいて自分が謝ってどうすんの！　あはははは っ！」

「う、うぐ……」

ゲラゲラと腹の底から大笑いしながら、ひめマユはジャージの袖で涙を拭い取った。そして、立ち尽くしているオレを大きな瞳に映して、和やかな表情を浮かべた。

「あたし、すっごく大きな間違いをしてたみたい」

「間違い？」

「うん。渡良瀬《わたらせ》先輩のことがあったから、男の人は全員最低だと思ってたけど……それはあたしの勘違いで、勝手な思い込みだって気づいたんだ」

そして、ひめマユは潤んだ瞳でオレを見据えた。

「キミのおかげだよ、筧《かけい》理比斗。……って、ここにきてフルネーム呼びは何か冷たいよね。んー、じゃあ、筧くんって呼ぶ？　それとも理比斗くん？　んん～、どれもしっくりこないなぁ。折角だし、もっと可愛《かわい》い方が良いよね！」

別に呼び方を可愛くする必要はないだろ？　と、問いかけようとする間もなく、ひめマユは「あ！　良いの思いついた！」とニコッと笑った。

「りーくん！」

え？

「りーくん、って可愛いでしょ！　よしっ、今日からキミのことはりーくんって呼んじゃうね！」

「ちょ、ちょっと待って――」

「だーめ！　りーくんはもう、りーくんなんだから」

ニヤニヤとほくそ笑んだあと、ひめマユは突如として深呼吸を始めた。自分の中でリズムを整えているようで、すぅー、はぁー、すぅー、はぁー、と何度も呼吸を繰り返している。何事か、と葉桜と共に見守っていると……やがて深呼吸を終えたひめマユは大きく目を見開いた。更に、オレの顔を思いっきり指差して高らかな声を発した。

「ねぇ、りーくん！　あたしのこともオトナにしてよ！」

なななななななななな！

「な、何を言ってるんだよ！　お前！」

続け様にとんでもない発言をされてオレの情緒はグチャグチャだった。しかし、何故《なぜ》かオレ以上にひめマユの方が慌てふためいている様子で、信じられないくらい顔が真っ赤に染まっていた。

「あはは、ははは……ご、ごめん。勢いで変なこと言っちゃった。ホント、何言ってるんだろうね……あたし」

上ずった声で笑い、ひめマユは弱々しく首を振った。

「……自分でもよくわからないや。だって、他の男子と話す時はもっと自然に小悪魔なギャルを演じられるんだけど。今は何かすごく変な感じ。勢い任せにりーくんって呼んじゃったり、オトナにしてほしいとか言っちゃったり。心の中がもにゃもにゃしてる……」

ひめマユは早口気味に言って、オレを上目遣いでジッと見つめた。何故か、その表情はとても幼く見えた。まるで、迷子になった小さな子供のように不安と戸惑いが溢《あふ》れていた。

「もにゃもにゃ……」

ひめマユの謎の擬音を復唱して、葉桜は神妙な面持ちで頷いた。しかし、それ以上言及することはなかった。

「でも……だからこそ、りーくん。あたしをオトナにしてよ。このもにゃもにゃの正体を教えてよ。そしたらさ、理想のギャルにも一歩近づける気がするんだ」

「お、オトナにしてと言われてもだな……！」

「安心して！　あたしは絶対に渡良瀬先輩みたいにはならないから！」

「い、いや、別にそのことを気にしているわけではないんだが……」

「むしろ、逆にりーくんをたぶらかす魔性のギャルになっちゃうんだから！」

それはそれで心配だが……。

しかし、それはそれ。これはこれ、か。と、オレは肩をすくめた。ひめマユの顔は相変わらず今にも爆発してしまいそうなほど真っ赤だが、その表情からは先程の不安と戸惑いは薄れていた。しどろもどろになっているオレと口論している間にどこか吹っ切れたのだろうか。

「というわけで、りーくん！　よろしくね！」

どうやらオレに拒否権はないようだ。

「あ！　そろそろナイトパレードが始まるから急がないと！　葉桜ちゃんもパレード見たいでしょ？　情熱的に舞い踊るガスネコ達は必見だよ！」

そう言うや否《いな》や、葉桜の手を無理矢理摑《つか》み、ひめマユはドタバタと駆けていった。

昼間に乗ったスカイツエッペリン以上の目まぐるしい展開に頭がついていけていないが、とりあえずは諸々《もろもろ》が丸く収まったことを喜んでおくべきかもしれない。ひめマユのことは、ヘンテコな弟子が一人増えたと思えば少しは気が楽になるし。……ただの現実逃避とも言えるが。

そう結論づけたオレは急ぎ足で二人を追いかけた。

ひめマユの言う通り、ナイトパレードのダンスは必見だからな。

▼　▼　▼

何度見てもパンクパークのナイトパレードは圧巻だった。

どれだけ人気がなくても、設定がガバガバでも、ツッコミどころが多くても、そんなマイナス感情を跳ね飛ばすほどの煌《きら》びやかなイルミネーション。そして、ガスネコ達マスコットキャラクターが情熱的に舞い踊るブレイクダンスがオレ達の心を掴んで離さなかった。

ずんぐりむっくりの着ぐるみが軽やかに飛び跳ね、嵐を巻き起こしそうなウィンドミルを繰り出す姿は迫力満点で、非現実なヒーローに憧れていた童心を思い出させてくれた。

「理比斗《りひと》くん」

ガスネコの華麗なヘッドスピンに夢中になっているひめマユを一瞥《いちべつ》し、葉桜《はざくら》は静かな声でオレに話しかけた。

「ひめマユちゃんのもにゃもにゃの正体って何だと思います?」

「な！　そ、そんなのオレがわかるわけないだろっ！」

思わず怯《ひる》んでしまったオレをジト目で見つめて、葉桜は意味深に微笑んだ。

「恋心だったらどうします？」

「こ、恋心……っ？」

「はい！　無論、理比斗くんへの！」

「なななな ッ！　ひめマユがオレのことを……す、好きになるなんてそんな！　い、いや、しかし！」

葉桜の歯に衣《きぬ》着せないダイレクトな言葉にオレはまともに返すことができず、あたふたと情けなく口ごもることしかできなかった。童貞ということをさっ引いても我ながら無様だ。葉桜の生温かい視線が辛《つら》い。

「ふむ、ふむ。あたふたしつつも満更でもなさそうですね。成程。……となると、ひめマユちゃんに負けないように私も頑張らないといけませんね！」

そう言って葉桜は決意を秘めた真《ま》っ直《す》ぐな眼差《まなざ》しでオレを見つめた。煌びやかなイルミネーションに照らされている葉桜はいつも以上にキラキラと輝いているように見えた。

「理比斗くん。まずは、入学式のことを謝らせてください」

「……何のことだ？」

これ見よがしに桜が舞い躍る入学式の記憶がフラッシュバックし、オレは眉をひそめた。

「あ、やっぱり気づいていなかったんですね」

首を傾《かし》げるオレに苦笑いし、葉桜は言葉を繋《つな》げた。

「入学式当日、体育館裏のフェンスにスカートが引っかかって動けなくなっていたのは……私です」

「なッ……！」

葉桜が打ち明けた真実にオレは言葉を失った。

「方向音痴なもので、道に迷って体育館裏にまで来てしまったんです。とりあえずグラウンドまで出ようとしたら、今度はフェンスにスカートが引っかかってしまって……。えへへ、ドジ極まれりって感じですよね」

あの時は顔をほとんど見ないようにしていたから記憶は朧気《おぼろげ》だが……思い返してみればやたら長いスカートを穿《は》いていたし、文学少女時代の葉桜だった気がする。まさか、あの女子が葉桜だったなんて……！

「……あの時の理比斗くん、とってもカッコよかったです。入学式が始まっちゃいそうで慌てふためいて、自分一人ではどうしようもなくて泣きそうになってたんですけど……本当に助かりました。ありがとうございました」

静かに頭を下げてから「そして」と葉桜は言葉を付け足した。

「ごめんなさい。そのあと、理比斗くんがクラスのみんなに勘違いされて、酷《ひど》いことを言われていたのに私は何も言い返すことができなくて——」

「そんなこと気にする必要はないさ。言っただろ、嫌われるのは慣れているって」

それに……もし、葉桜が庇《かば》ってくれたとしても悪く捉えられてしまって、結果的にオレは嫌われてしまっていただろう。そう、これまでの経験でわかりきっている。どう足掻《あが》こうがオレは嫌われ者に収束する運命なのだ。

「そうだとしても……」

言葉を詰まらせて、言い淀《よど》んで、葉桜は首を横に振った。そして、何か言葉を呑《の》み込んだ様子で再びオレを見つめて、ゆっくりと開口した。

「実は、入学式以降ずっと理比斗くんのことを追っていたんです。ちゃんとお礼を言って、謝りたかったので。……でも、文学少女の殻にこもっていた当時の私は遠目で見ていることしかできませんでした」

乾いた笑い声を上げて葉桜はニットワンピースの裾をギュッと握りしめた。

「こっそりと追いかけている内に理比斗くんの素敵なところをどんどん知っていきました。みんなが嫌がる掃除をいつも一生懸命して、窓をピカピカになるまで磨いて、面倒なゴミ出しも率先して……」

「掃除をするのは別にボランティア精神でやっているわけじゃない。ただ、片付けたらスッキリするからやっているだけの趣味みたいなもんだ」

「だとしても、ですよ」

言い訳するオレを柔らかい優しさで包み込み、葉桜はニコッと笑った。

「それに、困っている人がいたら絶対に手を差し伸べるところが本当に素敵で……私には到底できっこないオトナっぽさを感じて……知れば知るほど、理比斗くんへの憧れが増していきました」

それも結局のところ、困っている人を見捨てた後悔で嫌な気分になりたくないからなのだが……。まぁ、そうやってオレのことを良く思ってくれるのはむず痒《がゆ》くありつつも、嬉《うれ》しいけれども。

「それから理比斗くんに弟子入りをして、いっぱいデートをして、オトナの階段を少しずつ上っていくにつれ……私は、やっと気がついたんです。理比斗くんへの憧れの正体を。今思うと今更というか、何の変哲もないストレートな感情だったんですけどね。えへへ」

はにかみながらも葉桜は何でもないことのように、まるで日常会話の延長線のように、言葉を続けた。

「私、理比斗くんのことが好きです」

突然すぎる告白にオレは驚愕《きょうがく》も困惑も何のリアクションも取ることができなかった。

「師匠として、お友達としても勿論《もちろん》ですが……それ以上に、異性として大好きです」

葉桜が喋《しゃべ》っている途中でナイトパレードが終了し、イルミネーションが瞬《またた》く間に消えてパンクパークは暗闇に包まれていった。先程まで我武者羅《がむしゃら》にブレイクダンスを踊っていたガスネコ達の姿も、もう見えない。

園内の灯《あか》りが全て消えて完全な真っ暗闇の中で、葉桜の瞳だけが太陽のように輝いている気がした。

「理比斗くんのことを好きになった理由は沢山ありますが、何よりも大きいのは……文学少女を辞めた私について、みんなの前で熱く演説をしてくれたことです。物怖《ものお》じせず、確固たる自分の思いを真っ直ぐ語る姿に心がときめいちゃったんです」

告白をされた。

しかも、葉桜に。

衝撃のあまり言葉を失ったオレは餌を待つ鯉《こい》のように口をパクパクさせることしかできなかった。イルミネーションが消えて真っ暗になったことで、そんな無様な姿を葉桜に晒《さら》さずに済んだのは幸いだった。

……告白なんて、オレの人生には起こりえないイベントだと思っていた。

一生、嫌われ者のままだと諦めていたから。

「あ！　答えはノーセンキューですので！　今は！」

　オレが黙り込んだまま固まっていることから察してくれたのか、葉桜は明るい雰囲気で言葉を付け足した。

「これからの私を見て気が向いたら、お返事をしてやってください」

「……ああ」

「勝手に告白しておいて何ですが、これからもいつも通りに接してくださいね！　どうなろうとも、理比斗くんは私の大好きな人なので！」

　すまん。

　心の中でオレは謝罪の言葉を口にした。

　クラスで人気の文学少女を辞めて、オトナになろうとする葉桜。

　隣のクラスで人気のギャルを貫くため、オトナを目指すひめマユ。

　そんな二人に対して、オレはクラスで嫌われている女殴ってそうな男。しかも童貞。

　まったくもって釣り合っていない。

　葉桜はオトナっぽいと言って弟子入りしてくれたし、ひめマユもオトナにしてほしいと頼ってくれたけれど。

　実際のオレはただの嫌われ者だ。

そんなオレが葉桜の告白を受け入れるなんて…………許されるわけがない。

万が一、オレと付き合ってしまったら、葉桜まで嫌われ者になってしまうかもしれないのだ。いや、付き合うまでもなく今の関係性のままだとしても、いずれ――――

そこまで考えて、オレはネガティブ思考を無理矢理呑み込んだ。

折角のパンクパークの夜を台無しにはしたくない。

「りーくん！　ガスネコがお見送りしてくれるから早くこっちおいでー！」

「理比斗くん！　ファンサービスがすごくすごいんですっ。私、ゲコリーノ二世に握手してもらっちゃいました！」

テンション高くはしゃぐ二人を見つめて、オレは頬を緩ませた。

今はまだ、その時じゃない。

もう少しだけ大丈夫なはずだ。……きっと。

第四話　「えっちなものに興味があるのは当然ですっ」

「暑い……」

夕方の六々坂《ろくろくざか》商店街を葉桜《はざくら》とひめマユと一緒に歩きながら、オレは掠《かす》れた声を漏らした。

少し前まで涼しくて過ごしやすい毎日だったのに、六月に入った途端に蒸し暑さが一気に押し寄せてきたのだ。むわっとした湿気が充満しているせいで、歩いているだけで体力がジワジワと削られてしまう。

「汗で全身びしょびしょです……」

情けないヘロヘロの声色で言った葉桜の姿を見て、オレはギョッとした。制服の胸元に汗が滲《にじ》み、花柄のブラジャーがガッツリと透けて見えてしまっているのだ。しかも、夏服に衣替えしたことで、胸の大きさまでハッキリくっきり鮮明になって余計にとんでもないことに……！

「ちょ、ちょっと！　葉桜ちゃん、ブラ透けてる！　隠して、隠して！　りーくん、見ちゃダメ！　えっち！」

ひめマユは慌てふためき、カバンの中から取り出したタオルで葉桜の胸を覆い隠した。

「あわわ、ありがとうございます……！」

「夏服は透けやすいし、中にインナーを着た方が良いかもね」

ひめマユのアドバイスに葉桜は「成程！」と元気よく頷《うなず》き、メモを取り始めた。

「そうだ！　今度一緒にインナー買いに行こっか。夏休みに向けて色々と買いたいし！」

「わーい！　オトナの夏を満喫するためにも是非是非よろしくお願いします！」

盛り上がる二人を穏やかな気持ちで眺めていると、葉桜が元気いっぱいに挙手をした。

「はい！　理比斗《りひと》くんにもご一緒してもらいましょう！」

「な、なんでオレまで……？」

インナーを買いに行くのにオレが同伴するのはマズいだろ……。

「た、確かに……りーくんは葉桜ちゃんの師匠だもんね。うん、うん、それなら理屈が通ってるもんね」

薄《うっす》らと頬を赤く染めて、ひめマユは自分に言い聞かせるように一人でブツブツと呟《つぶや》いた。

「保護者同伴ならぬ師匠同伴ってことでよろしく、りーくん！」

なんじゃそりゃ。

ひめマユの無理矢理な提案にオレが肩をすくめた瞬間、葉桜は突然「はい！　インナー関連で質問があるのですが！」と勢いよく挙手をした。……ろくでもないパターンな気がするぞ、とオレはゴクリと生唾を呑み込んだ。

「質問？　んー、いいよー」

「ひめマユちゃんはどんな下着《パンツ》を穿《は》いているんでしょうか！」

ほら、ろくでもないパターンだ。

「な！　ななななな！　な、何なの突然！」

突拍子もない葉桜の発言にひめマユは目を大きく見開き、ドタバタと取り乱した。葉桜のハチャメチャな言動に慣れていない反応にオレは初々《ういうい》しさを感じた。……もっとも、慣れたところで予想の斜め上をいかれて結局驚かされるのだが。

「不躾《ぶしつけ》な質問ですみません！」

「不躾にもほどがあるよ！　というか、なんであたしの穿いている……パ、パンツが知りたいわけ？」

ひめマユの質問に葉桜は「ふんす！」と鼻息を荒くして、目を爛々《らんらん》と輝かせた。

「勿論！　オトナなレディーになるためです！　オシャレなひめマユちゃんがどんなパン

ツを穿いているかを知って学ぶことができれば、オトナの階段をトントン拍子で上ることができますから！」

ハイテンションで断言した葉桜に対し、ひめマユは若干ひいている様子で苦笑いして、すがるような顔でオレを見上げた。

「ねぇ、りーくん。葉桜ちゃんって結構、変わった子なんだね……」

「今更気づいたか」

知れば知るほど毎日が驚きの連続だぞ。

「ひめマユちゃんから学んだパンツと理比斗くんのパンツがあれば、もはや敵なしですっ！」

お前は一体何と戦っているんだ。

「り、りーくんのパンツ？」

葉桜が何気なく零《こぼ》した言葉を復唱し、ひめマユは眉間に皺《しわ》を寄せて首を傾《かし》げた。

「理比斗くんに選んでもらって、買っていただいたスペシャルなパンツですっ！」

「え？　え？　ええええ！　りーくんにパンツをプレゼントしてもらったの……？」

「はい！」

天真爛漫《てんしんらんまん》な笑顔で元気いっぱい頷いた葉桜を凝視して、ひめマユはガクガクと震え上がった。葉桜を見つめるひめマユの目はまるで、おぞましい怪物を見るかのように畏怖と混乱が混ぜこぜになった眼差《まなざ》しだった。

「ぐぎぎ……。変態くさいのに、ちょっと羨ましいと思ってしまう自分がいる……！」

歯を食いしばって葛藤しているひめマユの肩をポンポンと優しく叩《たた》き、葉桜は「ひめマユちゃんも理比斗くんにパンツ買ってもらいますか？」と、とんでもない悪魔の囁《ささや》きを口にした。

「あ、あたしも……？　いやいや、んんん……いやいやいやっ！　ぐぎぎぎぎ」

しかめっ面《つら》で思い悩むひめマユを見て、お前までそっち側に行かないでくれ、とオレは願った。

「う……うゅ……はゅ……むむぃぎぬぬぬッ」

ひめマユは凄《すさ》まじい形相で葛藤し、死に物狂いの唸《うな》り声を上げた。人前で見せて良い顔ではなくなっているが、色んな意味で大丈夫なのだろうか。

そして、数分にわたって悶絶《もんぜつ》したあと、ひめマユは勢いよく目を見開いた。

「……ほ、保留で」

後ろめたそうな声色でもじもじと答えたひめマユの姿にオレはガクッとずっこけた。理想のギャルを貫くカッコいいひめマユはどこに行ってしまったんだ……。

「では、気が向いたら理比斗くんにパンツを一緒に選んでもらいましょう！」

無邪気な笑顔で何言ってるんだお前。というか、ひめマユをそっち側に誘惑しないでやってくれ。ああ見えて、すぐに陥落してしまいそうで恐ろしい。

そうして葉桜の天衣無縫な言動に振り回されつつ、六々坂商店街を抜けて外に出ると、ぽつぽつと雨が降り始めたことに気がついた。

「げっ、雨だ」

「あちゃー、さっきまで晴れてたのにタイミング悪いですね……」

「梅雨ダルいなぁ」

葉桜とひめマユはボヤきながらもリュックの中から折りたたみ傘を取り出した。葉桜は探偵服を連想する茶色のチェックの傘、ひめマユは水色の派手な豹《ひょう》柄の傘だ。

「二人とも折りたたみ傘持ち歩いてるのか」

「傘も立派なオシャレアイテムだからね。ギャルのたしなみってわけ！」

「じゃあ、私はオトナのレディーのたしなみということで！　えへへ」

ひめマユの真似《まね》をして葉桜は嬉《うれ》しそうに胸を張った。

「って、りーくん傘持ってないの？」

「わわわ！　それは大変です！　良ければ私の傘をどうぞ！」

葉桜が差し出した傘を一瞥《いちべつ》し、オレは慌てて首を横に振った。

「だ、大丈夫だっ」

相合い傘で葉桜と密着する想像をしてしまったことを悟られないよう、オレはできる限りぶっきらぼうな声色で言葉を返した。

「気持ちはありがたく受け取っておくが……この程度の雨なら全然平気だ。オレはこう見えて身体《からだ》が丈夫で、風邪なんか滅多に引かないからな。季節の変わり目だろうがお構いなしだ」

そう、オレは自信満々に言い切ったのだが……。

▼　▼　▼

だるい……。

しんどい……。

言葉にならないうめき声を漏らしながら、オレはベッドの上でのたうち回った。

頭痛、鼻水、咳《せき》、喉の痛み、関節痛、そして発熱。……という、どこからどう見ても風邪を引いてしまった。昨日、葉桜に「風邪なんか滅多に引かない」と自信満々に言い切っておいて、この体《てい》たらく。物の見事にフラグを回収してしまったというわけだ。

病院に行くほどでもないのが不幸中の幸いだが。

とはいえ、辛《つら》いのは辛いし、しんどいのはしんどい。

「はぁ……」

掠れたため息を吐き出して、ぼんやりと白い天井を見上げた。

両親共に仕事で海外を飛び回っているため、家にいるのはオレ一人だけ。高校に入学してからは特に両親の仕事が忙しくなったので、最近はほとんど一人暮らしのようなものだった。小遣いはそれなりにもらえているから、一人暮らしは自由で良いものだと思っていたのだが……風邪を引いた今は正直とても心細い。

改めて、親のありがたさを痛感し、感謝の気持ちを噛《か》み締めた。今度帰ってきたら親孝行しないとな……。と、感慨に耽《ふけ》っていると、きゅう～、と腹の虫が控えめな鳴き声を上げた。

葉桜のおなかの音と比べると随分おとなしいな。と、太陽の如《ごと》き笑顔を思い浮かべてオレは力なく笑った。

一人暮らしである以上、食べるものは自分で用意しなければならない。風邪を引いて寝込んでいたとしても変わらない。それが自由の代償というものだ。

熱を帯びた身体に鞭打《むちう》ち、オレはもそもそと起き上がって台所に向かった。

「……マジか」

すっからかんの冷蔵庫の中を見てオレは呆気《あっけ》にとられた。

食べ物の類いは一切なく、入っているのは常備している炭酸水だけだった。こんな時に限ってカップ麺も冷凍食品も残ってないし、今の体調でコンビニまで歩いて行くのは流石《さすが》に厳しい。

昼メシは諦めるか、とオレはガックリと項垂《うなだ》れて自室に戻ることにした。

炭酸水で腹を無理矢理に膨らませながら、葉桜《はざくら》がオススメしてくれたラノベでも読むとしよう。人間がロボットに見える女の子の話という導入が面白そうだし、熱中して読めば空腹が紛れるかもしれない。

ベッドに戻ってスマホで電子書籍を開いた瞬間、タイミング良く葉桜からのメッセージが届いた。

『理比斗くん、こんにちは。大丈夫ですか？』

心配の言葉に続けて何故《なぜ》かラーメンのスタンプが送られてきた。どういうチョイスだ。

と、苦笑いしつつ、オレにも心配をしてくれる人がいるんだな、と感動した。

『ぼちぼち』

変に心配させても仕方がないのでオレは適当な返事を送った。

『理比斗《りひと》くんがいない学校はラーメンがないラーメンライスみたいで寂しいので、早く元気になってくださいね』

『ああ』

『そう言えば知ってますか！　購買に新しいおにぎりが追加されるみたいです！』

『ほー』

『何と！　ベーコン煮卵おにぎりです！　その名の通り、ベーコンで煮卵おにぎりを包んでいるんです！』

『うまそう』

『是非是非、一緒に食べましょう！　あ〜、思い浮かべるだけでおなかペコペコです！』

『オレも』

しばらくやりとりを続けていくうちに、葉桜のメッセージに比べてオレのメッセージが非常に淡泊であることに気がついてしまった。一応、長文で返すと気持ちが悪いかな、と思ってなるべくシンプルな文章を送っていたのだが……ここまでくると素っ気なさすぎるかもしれない。

かと言って、いきなり長文を送る勇気はないし……と、もにょもにょと頭を悩ませていると葉桜から、パチン！　と手を叩くスタンプが送られてきた。

『そうだ！　学校帰りにお見舞いをしたいんですが、理比斗くんの家の住所を教えてもらえませんか？』

虚を突かれたオレは戸惑いのあまり、ベッドの上でもんどりを打った。

葉桜がお見舞い？　オレの家に来る？　しかも、両親がいない一人暮らしの男の家に？　待て、待て、待て待て待て！　流石に、童貞の妄想が過ぎるぞ！　下手な想像を膨らませるんじゃない！　いや、しかしパンクパークの時の告白を考えると……うごごごご。

『授業始まっちゃうので、また連絡しますね！　お大事に〜』

おにぎりのスタンプと共に送られてきたメッセージを見つめ、オレは空腹を訴える腹に手を当てた。

……そして、一時間以上思い悩んだあと、オレは不退転の決意を持って葉桜に住所を送信した。

▼　▼　▼

「お、お邪魔しマス！」

緊張しているのか葉桜はギクシャクした動きでオレの部屋に足を踏み入れた。

「……わざわざ、すまんな。適当なところに座ってくれ」

臭くないかな、とジャージの襟元を引っ張ってにおいを嗅ぎつつ、表面上はあくまで平静を装《よそお》いながらオレはベッドに腰を下ろした。

冷静に、沈着に。

これは何でもないことだ。

日常の延長線の至って普通の出来事だ。

と、何度も何度も自分に言い聞かせて、無我の境地に至ろうと試みた。

しかし。

……………。

………いや、やっぱり無理だった。

溜《た》め込んでいた緊張感が一気に全身を駆け巡り、オレはぐったりと項垂れた。女子が

――葉桜がオレの部屋にいる、という異常極まりない光景に脳みそがオーバーヒート寸前だ。

ああッ！

オレがいつも座っているワークチェアに葉桜がちょこんと座っている！

物珍しそうにキョロキョロと辺りを見回している！

あまつさえ、興味津々《きょうみしんしん》な顔つきで本棚を物色している！

女殴ってそうな顔の癖して恋愛経験ゼロの童貞のオレの部屋に、よもやよもや！　女子が訪れるなんて！　一ヶ月前のオレはそんな想像どころか、妄想すらもしていなかったというのに……！

「理比斗くんのお部屋すごく綺麗《きれい》ですね。男の子の部屋って雑然としていると思っていたのでびっくりです」

パソコンが置かれている机周りも、ハンガーラックも、本棚も、カラーボックスも、全て綺麗に整頓されている様子を見て葉桜はニコニコと嬉しそうな表情で頷《うなず》いた。

「理比斗くん、お掃除好きですもんね！　いつもピカピカで素敵ですっ」

中学生の時に掃除好きであることがクラスメイトに知られた時、潔癖性＝女殴ってそう、と嫌われてしまったことを思い出した。が、そんな冷ややかな記憶を葉桜の言葉が優しく溶かしてくれた。

「それにしても……ご両親が海外を飛び回っているから実質的に一人暮らしをしているなんて、ライトノベルの主人公みたいですね！」

「身も蓋もないことを言うな」

オレのツッコミにくすくすと笑い、葉桜は「良いなぁ、一人暮らし……」とうっとりと呟《つぶや》いた。葉桜が一人暮らしを始めたら、朝昼晩とラーメンライスばかり食っていそうでめちゃくちゃ心配だな……。

「あ！　ついつい、お部屋に見蕩《みと》れちゃっていました。これ、お見舞いの品です！」

そう言って、葉桜はリュックの中から取り出したモノを一つずつ丁寧にローテーブルに並べていった。

「おおっ……！」

スポーツドリンク二種類、ほうじ茶、みかんゼリー、抹茶プリン、しじみのカップ味噌《みそ》汁《しる》、おしるこサンド、たまごボーロ、梅昆布……と、風邪の時の定番から甘いお菓子や酸《す》っぱいお菓子までよりどりみどりだ。

「家に食べ物がなくて昼メシ食いっぱぐれてたから助かるよ。……ありがとう」

「えへへ。いつも理比斗くんに与えてもらってばかりなので、少しでもお返しができて良かったです！」

いつも与えられているのはオレの方だけどな、とオレは肩をすくめてたまごボーロに手を伸ばした。……たまごボーロを食べるのはいつ以来だろう。空腹に優しく溶けていく素朴な甘みがとても懐《なつ》かしく、風邪で参っていた心の芯まで癒やされていく。

「もっともっと、他にも私にできることがあれば——」

言いかけた言葉を途中で止めて、葉桜は急に黙り込んで視線をベッドに向けた。そして、目を細めて妙にシリアスな表情でベッドの下を凝視していたかと思うと、突然、目をキラッキラと輝かせた。

「……どうした？」

嫌な予感がしてゾッと寒気がした。

「こ、これは！」

普段の姿からは想像できない俊敏な動きで飛び上がり、葉桜は嬉々《きき》とした表情でベッドの下に手を差し込んだ。その瞬間、オレは自らの過《あやま》ちに気づいてしまった……が、時すでに遅し。

葉桜がベッドの下から引き抜いた右手には、一冊の本が燦然《さんぜん》と煌《きら》めいていた。

「はわわわわわわっ！」

勢いよく天高く掲げられたその本は、どこからどう見ても、誰がどう見ても、完全無欠にえっちな本だった。えっちな服装のえっちなコスプレイヤーがえっちなポーズをしていて、言い逃れをしたところでまったくもって無意味だろう。いっそのこと開き直ってしまった方が清々《すがすが》しい。

だが！

しかし！

それでも！

「ま、待て！　葉桜！　これには理由があるんだ！」

オレは開き直ることも諦めることもできず、声を荒らげて言い訳を吐き出した。無謀だということはわかっていても、余計に傷口を広げることになることも薄々感づいていたとしても、みみっちい男のプライドを捨てることはできなかったのだ……！

「葉桜！　よく聞いてくれっ。これは……違うんだ。ぱっと見は確かに、えっちな本にしか見えないが……兎《と》にも角《かく》にも、違うんだ！　だから、冷静になれ！　冷静になって、冷静になるんだ！　落ち着けば、落ち着くはずだから！　きえーっ！」

支離滅裂な言葉を並べ連ねて、オレは醜い奇声を上げた。

恥ずかしくて、情けなくて、今にも消えてしまいたかった。えっちな本を見られたことだけでなく、えっちな本をベッドの下に隠す……というベタすぎることをしていた自分が無様に思えて仕方がなかった。

えっちな本はいつも電子書籍で買っているので、物理的に本を隠すことに慣れていなくて隠し場所が疎《おろそ》かになってしまっていたのだ。書店限定の特典をゲットするために紙媒体で買ったことが仇《あだ》となるなんて……！

「えっちな表紙であることは認めよう……だが、しかし！　こう見えて十八禁ではない！　そう！　全年齢！　つまり、お子様からお年寄りまで安心安全に買える本なんだ！　えっちに見えるだけの至って普通の健全なコスプレイヤーの写真集なんだッ！」

しどろもどろになりながらもオレは人生最速のとてつもない早口で言い訳を重ね続けた。

「それに……決して、いやらしい気持ちで買ったわけではないんだっ！　単なる興味本位というか、勉強がてらというか……！　い、いや、勉強といってもいやらしい意味ではないゾ！　だから、その、つまりだな——ッ」

「男の子だから、えっちなものに興味があるのは当然ですっ」

オレの酷《ひど》い言い訳をバッサリと遮り、葉桜《はざくら》は顔を真っ赤にして震える声で言い放った。

「むしろ……私も知りたいです……！　理比斗くんが……ど、どういうのが好きなのかを！」

「なななななッ！」

何そのエロ漫画みたいなセリフ！

葉桜のことだから無自覚で、無意識的に言っているのが末恐ろしい……。無添加で天然物で産地直送のナチュラルボーンエロスだ。

「なので、ご安心を！」

何をもって安心すれば良いのかまるで理解できないオレを置き去りにして、葉桜はえっちな写真集を熱心に読み始めた。透明感たっぷりな黒髪美少女が正座してオレの部屋でえっちな本を読んでいる姿は現実とは思えない光景だった。

「な、なるほど……なるほど……ん。ふむ、ふむふむっ……んんっ」

葉桜は涙目になりながらも、えっちな写真集のえっちなページを穴が開くほど見つめていた。隅から隅まで、被写体の頭のてっぺんからつま先まで、オレが読む時よりも遥《はる》かに細かくじっくりと読み耽《ふけ》っている。

「ふむ、ふむ。これが、理比斗《りひと》くんの思い描く理想……！」

「お、おい、変な解釈をするんじゃないぞっ！」

「大丈夫ですよ！　私、こう見えて勤勉なので！」

勤勉だからこそ心配なんだ！

「……それにしても、妙に生々しい写真が多いですね。洗濯物が干してあったり、畳の上だったり、散らかっている部屋だったり……と、どのページも日常の一コマを切り取ったような感じです。……それに、コスプレイヤーさんが着ているのはどれもこれも、ありふれた部屋着ばかりですし……。あ！　成程！」

目をカッと見開いて、葉桜は納得した様子で手を叩《たた》いた。

「理比斗くんは生活感のあるエロスが好みなんですね！　理解しました！」

勝手に納得して理解しないでくれ。…………生活感のあるエロスが好きなのはゴリゴリの事実だけども！　生活臭溢《あふ》れる散らかった部屋で、だらしない部屋着を着ている女子は大好物だけども！

「うわぁ……。この写真、すごいです……。ほとんど裸ですし……こんなの、カメラマンさんからは全部見えちゃってますよ……っ」

羞恥に顔を染めてもじもじする葉桜を見て、オレは言葉を失った。

イノセントな葉桜に情欲まみれのえっちな写真集を熟読されて、性癖を暴かれて、オレは罪悪感と背徳感に押し潰されてしまいそうだった。このままでは新たな性癖が目覚めてしまうかもしれないほどに……！

と、ベッドの上で汗をダラダラ流して悶絶《もんぜつ》していると――ピンポーン、とチャイムの音が鳴り響いてオレはインモラルな非日常から我に返った。

「あ！　来てくれたみたいですっ」

▼
▼
▼

「やっほー、りーくん！」

玄関から戻ってきた葉桜と一緒に現れたのは、ひめマユだった。

「ひ、ひめマユ！　なんでお前が……？」

オレの部屋に存在するのが不釣り合いなド派手なギャルの姿をマジマジと見つめて、オレはあんぐりと口を開けた。そんなオレのまぬけな顔を一瞥《いちべつ》し、ひめマユは薄《うっす》らと頬を赤くして悪戯《いたずら》っ子のような笑みを浮かべた。

「りーくんの看病しに来たにきまってるじゃん」

そう言ってひめマユはパンパンに膨れ上がったリュックを床に置き、葉桜の隣に腰を下ろしてあぐらを組んだ。

「私だけでは看病に限度があったので、ひめマユちゃんに頼ろうと思ったのですが……ダメだったでしょうか？」

「いや、ダメなことはないが……」

葉桜に続いてひめマユまでもが部屋にいる現実を受け止めることができず、オレは顔を引きつらせた。

「ふぅん。ここがりーくんの部屋かぁ」

うっとりとした表情で部屋を見回しながら、ひめマユは「何か、すっごくもにゃもにゃするんだけど……」と胸を押さえて顔を更に真っ赤にした。……ポーッとしたまま動かないんだが、大丈夫だろうか。

「あ！　ご、ごめん！　ついつい無我夢中になってヘンなこと考えてた……あはは」

ひめマユは照れ隠しのためか大きく笑ってから、オレの顔をチラッと覗《のぞ》き込んだ。

「てかさ。りーくん、思ってたよりも元気そうだね。顔色も良いし」

「そうか？　……ああ。言われてみれば、午前中よりも随分楽になっている気がするな」

もしや、えっちな写真集を熟読する葉桜との掛け合いでヒートアップして逆に元気になったのだろうか？　そう考えると、あれはあれで葉桜なりの看病だったのかもしれない

……と、オレは苦笑いした。

「でも、まだまだ本調子じゃなさそうだし、しっかりと看病してあげないとね！」

そう言って、ひめマユはリュックの中に手を突っ込んだ。

ぬるっ、と手の模型が飛び出てくるのでは、と身構えたが……ひめマユが取り出したのは可愛《かわい》らしいデザインのエプロンだった。どうやら手作りのエプロンらしく、ひめマユの

推しキャラであるガスネコの大きなアップリケがデカデカと付いていた。

「良いでしょ、このエプロン。家ではいつも使ってるんだよ」

そして、ひめマユは慣れた手つきで髪の毛をヘアゴムで束ね、ガスネコのエプロンを着けて微笑《ほほえ》んだ。

「おぉ……」

隣のクラスで人気のギャルの家庭的な姿のギャップにオレは思わず見蕩《みと》れてしまい、葉桜に白い目でジトーッと見られてしまった。更に、葉桜は「やっぱり生活感が好きなんですね。メモ、メモ」とブツブツ呟《つぶや》き、真面目な表情でメモを取っていた。

「ねぇ、りーくん。台所ちょっと借りても良い？」

「ん？　まぁ……別に構わんが」

「りーくんに栄養のあるもの作ってあげようと思って、食材買ってきたんだー」

食材が沢山詰まったスーパーの袋をリュックの中からひめマユが取り出したのを見て、オレは目を丸くした。ギャルとスーパー、という生活感溢れるギャップにオレはまたしてもドキドキと胸を高鳴らした。

「はい！　私も作ります！」

「おっけー。葉桜ちゃんのお料理スキル、見せてもらっちゃお！」

入っていた。

「が、頑張りますっ！」

ひめマユに対抗しようとしているのか、葉桜の目の奥はメラメラと燃えて妙に気合いが

「そんじゃ、りーくんはゆっくり寝ててね！」

「あ、ああ……すまん」

ひめマユの言葉に甘えてオレはベッドに横たわり、静かにまぶたを閉じた。……が、一つ屋根の下に女子が二人いる現実が重くのしかかり、悶々《もんもん》と目が冴《さ》えてしまって眠りにつくことは叶《かな》わなかった。

しょうがないので目を瞑《つぶ》ったまま、ぼけーっとして脳を休めていると……あっという間に時間が過ぎたようで、二人が部屋に戻ってきた。

「りーくん、おまたせ～」

鼻歌交じりに現れたひめマユは小さな水色の鍋をお盆に載せて持っていた。

あんな可愛らしいデザインの鍋も、お盆もオレの家にはなかったはずだ。……ということは、ひめマユがわざわざ用意してくれたのだろうか？　どこまで気が利《き》くヤツなんだ、このギャルは。

「じゃじゃーん、たまご雑炊！」

ローテーブルに置かれた鍋の中を覗き込み、ほかほかと湯気が上がる美味《おい》しそうなたまご雑炊を見て、オレはゴクリと喉を鳴らした。

「おお！　美味《うま》そうだ……！」

イケイケのギャルが実は家庭的で料理上手というのはマジでポイントが高いな。流石《さすが》は理想のギャルを貫く努力家のひめマユだ。と、オレは頬を緩ませた。

「……ん？　どうした、葉桜？」

いつもならここぞとばかりに「ひめマユちゃん、すごくすごいですっ」とぴょんぴょこ飛び跳ねているはずの葉桜が妙におとなしいことに気づき、オレは問いかけた。

「えへ、えへへ」

葉桜は苦々しく笑いながら、ぺこりと頭を下げた。

「実は……風邪の時こそスタミナたっぷり！　と、思ってチャーシュー山盛りのとんこつラーメンライスを作ろうとしたんですが、ひめマユちゃんに叱られてしまいまして……」

「もー！　弱っている時にそんなガッツリ食べたらゲボ吐いちゃうでしょ！」

しょぼーん。と、目に見えてしょげる葉桜の肩を優しく撫《な》でて、ひめマユはふざけた調子で頬を膨らませた。

……ひめマユがいなければオレはチャーシュー山盛りのとんこつラーメンライスを食べ

させられていたのか、とオレは戦慄した。案外、スタミナがついて元気モリモリになるかもしれないけども。

「き、気持ちだけ受け取っておくよ」

落ち込んでいる葉桜《はざくら》を労《ねぎら》ってから、オレはお盆の上にあるスプーンに手を伸ばそうとした。が——寸前のところでひめマユに遮られてしまった。

「ダメだよ、りーくん。病人なんだから寝てないと」

「いや、しかし、それだと折角の雑炊が食べられないだろ」

「大丈夫だよ。……あ、あ、あたしが食べさせてあげるから！」

ひめマユは雑炊をすくったスプーンを構えて、熟したトマトのような真っ赤な顔で笑ってみせた。本人としては小悪魔な笑みを浮かべているつもりなのだろうが、どう見ても無理しているようにしか見えなかった。……いや、そこがいじらしくて可愛いのだけども。

「た、食べさせてあげる……だと？」

「う、うん！　つまり、えっと、その……あ、あーんしてあげる……ってこと！」

ひめマユの発言に対し、オレは身震いした。

確かに、女子にあーんをしてもらえるのは嬉《うれ》しいことだろう。誰だってそうだ。オレだってそうだ。どう考えたってそうだ。

だが、しかし、今のオレにとってはキャパオーバーのオーバーキルも甚だしい。ただでさえ部屋に女子がいて、手料理を振る舞われるという異常事態なのに……更に、あーんしてもらうなんて！

そんなことをされたら、か細い理性の糸がブチブチと千切れてどうなってしまうことやら考えるだけでも恐ろしい……！

「理比斗《りひと》くん！　据え膳食わぬは男の恥、ですよ！」

「うぐぐ」

まさかの葉桜の援護によって二対一で圧倒されてしまい、オレは観念してひめマユに身を委ねることにした。

「じゃ、じゃあ、まずは熱々だから冷ましてあげるねっ」

しどろもどろになりながらもひめマユはスプーンですくった雑炊に唇を近づけて「ふぅー、ふぅー」と吐息を吹きかけた。

やけに卑猥《ひわい》に見えるのはオレの心が薄汚れているせいだろうか。ただでさえドキドキするのに、ひめマユまでもが恥ずかしがっているせいで余計にいかがわしく思えてしまう……。

すぐ横で葉桜が健気《けなげ》な眼差《まなざ》しで見つめてくるのも酷《ひど》く心苦しい。そんなピュアな目でオレを見ないでくれ。

「はぁーい、りーくん！」

スプーンをオレの顔の前に差し出し、ひめマユは精一杯の甘い声で囁《ささや》いた。……スプーンがぷるぷると震えて危なっかしいが、そんなことを気にしている余裕は今のオレにはなかった。

「あ、あーん」

オレもキャパオーバーだが、ひめマユもキャパオーバーなのだから、ここは腹を括《くく》るしかない！ と玉砕覚悟で口を大きく開けて、ひめマユのあーんを受け入れた。

「あ、あーん……」

丁度良い塩梅《あんばい》に冷ましてもらった雑炊を口に含み、ホクホクと咀嚼《そしゃく》した瞬間——

「ん……ッ！ うまいっ！」

——風邪で弱った身体《からだ》にじんわりと優しく染《し》み渡る美味さに、オレは思わず目を見開いて軽く飛び上がった。こんなに美味い雑炊は生まれて初めてだ。しかも、生姜《しょうが》が入っているおかげで身体の芯からポカポカと温まって元気が漲《みなぎ》ってくる。

「そんなに喜んでくれるなんて！ 嬉しい……！」

ひめマユが今にも泣き出しそうな歓喜の声を上げたのと同時に、ぐぐぐぅ～と、空腹を知らせる腹の音が部屋に響き渡った。

……言うまでもなく、音の主は葉桜だった。

「す、すみませんっ！　ひめマユちゃんのお雑炊があまりにおいしそうだったので我慢しきれずおなかが鳴っちゃいました……！　人のごはんを羨むなんて武士道に背く行為、心より反省しますっ！」

「……ぶ、武士道？」

ひめマユは眉をひそめて、オレの顔をチラッと見て「武士道って何？」と質問した。

……いや、オレに聞かれても困る。

「武士は食わねど高楊枝《たかようじ》です……！　私のことなどお構いなしに、続きをどうぞ！」

酷く申し訳なさそうにしょげ返る葉桜を見つめて、ひめマユは優しい笑みを浮かべた。

「あはは、そんなに反省しないで大丈夫だよ！　葉桜ちゃんの分の雑炊もちゃーんと用意してるから！」

「え！　ホ、ホントですか……！」

「葉桜ちゃんが食いしん坊なのは周知の事実だからね」

「ふわぁ～……！　ひめマユちゃん、女神様みたいです！　ありがたや……」

感極まった葉桜はひめマユを崇《あが》め奉《たてまつ》る勢いで平伏《ひれふ》した。

「あ。でもでも、私から施しを受けたら葉桜ちゃんの武士道に背くことになるのかな？　武士は食わねど高楊枝だもんねー」

「あぐっ」

ひめマユは小悪魔チックな笑顔でおどけてみせたが……葉桜にとっては小悪魔どころかガチの悪魔に見えてしまったようで、今にも泣き出しそうな苛烈な表情で下唇を噛《か》み締めて耐え忍んでいた。

「ごめん、ごめん！　冗談だから！　葉桜ちゃんが可愛《かわい》くて、ついついいじっちゃっただけ！　ほら、いっぱいお食べ～！」

たじたじになったひめマユに慰められて、葉桜は穏やかな笑顔を輝かせた。どうやら仲直りできたようで一安心だ。

それからひめマユの雑炊をたっぷりと食べて肉体的にポカポカと温まり、葉桜の笑顔で精神的にほっこりと温まったおかげで全身に多幸感が満ちていき、次第にまぶたが重くなっていった。

そして、オレは安らかな気持ちと共にまどろみの中に沈んでいった。

▼
▼
▼

「どうしてこうなった」

自分が置かれている状況があまりにも奇想天外すぎてオレは頭を抱えた。

「ご説明しましょう！」

元気いっぱいに挙手をして、葉桜が凜々《りり》しい表情で開口した。

「ひめマユちゃんのお雑炊をたらふく食べた理比斗くんは安らかな眠りについたんです。それから小一時間ほどで目を覚ましたんですが……なんと！　風邪がすっかり治って元気になっていたんです！　ですが、寝汗がすごくて気持ちが悪いとのことで、スッキリするためにシャワーを浴びに来た！　というわけです！」

「わざわざ説明口調でどうも。……けどな、別に説明を求めていたわけではないんだ」

オレはため息を吐き出し、改めて自分が置かれている状況を見渡して途方に暮れた。

自宅の風呂《ふろ》場で海パン一丁のオレ。

そこまでは、まだ良い。

だが、しかし。

大いに、しかし！

「なんでお前らまでいるんだよッ！」

渾身《こんしん》のツッコミが風呂場に虚《むな》しく響き渡った。

「だ、だって、りーくん病み上がりだから……一人でシャワー浴びれるか心配だし……」

「なので、私達が一肌脱いだというわけですっ！」

「心配してくれたことは感謝する！　だが、物理的に脱ぐ必要はないだろッ！」

オレは吠《ほ》え叫びながら、葉桜とひめマユの姿を恐る恐る視界に入れた。

すごく、すごい……！　と、テンションが上がった時の葉桜並みの語彙力になってしまうほど、その光景はすごくすごいものだった。

葉桜もひめマユも制服姿ではなく、あろうことか水着姿なのだ……！

葉桜は、無邪気な可愛らしさの中に健全なエロスがギュギュッと詰まったピンクの水着。

ひめマユは、ハジケたギャルっぽさと爽やかなセクシーさが共存している水色の水着。

しかも、二人とも布面積が大変狭いビキニで、たわわと実った上半身も、ムッチリ柔らかな下半身も惜しげもなく露出しているのだ。それはもう、四方八方どこを見ても葉桜かひめマユのえっちな部位が視界に映ってしまう酒池肉林の生殺し地獄絵図だった。おかげでオレの煩悩《ぼんのう》は阿鼻叫喚《あびきょうかん》のてんてこまいだ。

恋愛経験ゼロの思春期の童貞にはあまりにも刺激が強すぎる……！

水着姿なんて実質、半裸なんだぞ！

四捨五入すれば、もはや全裸なんだぞッ！

「まさか、りーくんの家のお風呂で水着になるなんて……うううぅ」

涙目で胸元と下腹部を隠そうと必死にもがいているひめマユを見てオレはごくり、と生唾《の》を呑み込んだ。

「えへ、えへへ……ビキニって初めて着ましたが、そわそわしちゃいますねっ。ほぼ下着姿と変わらないですし……あわわわ」

ひめマユに続いて、顔を真っ赤に染めて身を震わせる葉桜の姿を見て、オレは反射的に自らの股間をタオルで覆い隠した。……ただでさえ視覚的にヤバいのに、羞恥心まで加えてオレのいたいけな煩悩を刺激しないでくれ！

葉桜が震えるたびに胸がぷるるんぷるるんと揺れるのが大迫力すぎて、オレはまばたき一つできなくなってしまった。理性に従って目を逸《そ》らそうにも、本能が身動きを許してくれないのだ……。

助けてくれ、財前《ざいぜん》！　と、オレは七三分けメガネの友人の顔を脳内に思い浮かべることで何とかクールダウンに成功し、オレはギリギリのところで踏みとどまった。……これが友情パワーというヤツか。

「……というか、なんで水着持ってきてるんだよ」

軽く咳払《せきばら》いをして、オレは問いかけた。無論、脳内に財前の顔を固定したままで。

「こんなこともあろうかと、ひめマユちゃんに二人分の水着を持ってきてもらったんです！」

やはり葉桜《はざくら》の仕業だったか……！

「葉桜ちゃんに水着を頼まれた時はびっくりしたし、今も恥ずかしくて死んじゃいそうだけど……でも、あたふたしてるりーくんが見られたから身体を張った甲斐《かい》があるかも。カッコつけてる時とのギャップが可愛いんだよね……ね！　葉桜ちゃん！」

「はい！」

ひめマユの言葉に元気いっぱい同調し、葉桜はコクコクと素早く首肯した。

「理比斗くん、脱いだらこんなに筋肉質だなんてギャップがすごいですっ！　特に二の腕のスマートな筋肉たるや……実にスタイリッシュです！　スタイリッシュマッスルです！　木登りが得意なのも納得ですっ！」

瞳孔ガン開きの凄《すさ》まじい早口で語る葉桜の圧に呑まれ、ひめマユは「そ、そっかー」と苦笑いを浮かべた。

「ん？　……ちょ、ちょっと待て！　葉桜、その手は何だ……？」

いつの間にか葉桜の両手がボディーソープの泡にたっぷりとまみれていることに気づき、オレは目を見開いた。

「ボディーソープですが？」

「いや、それは見たらわかる！　素手で泡立てている理由を聞いているんだ」

オレの問いかけに対し、葉桜は指先の泡をぐちゅぐちゅと弄びながらニッコリと笑った。

「それは勿論《もちろん》、理比斗《りひと》くんの全身をくまなく洗うためです！」

「なななななッ！」

オレは素っ頓狂な声を上げて慌てふためいたが、葉桜は気にすることなく手のひらでボディーソープを更に泡立てていた。ぬちゅっ、ぬちゅっ。ぐちゅり、ぐちゅり。と、泡が音をたてるごとに、オレの煩悩までもが膨れ上がっていく気がした。

「は、葉桜ちゃん！　流石《さすが》にそれはやりすぎだって！　素手じゃなくてタオルとかスポンジとかで――」

「私も流石にやりすぎだということは重々承知です！　が、病み上がりの身体には素手で洗ってあげるのが一番！　と私の敬愛する綾城《あやしろ》先生の本に書いてありましたから！」

その本は大丈夫なのか？　いかがわしい本なんじゃないか？

「綾城先生の本に書いてある通りにすれば綺麗《きれい》サッパリ、スッキリ爽快です！」

ばくん、ばくん、と心臓の音が絶体絶命のアラートのように高鳴った。

「だ、ダメだ……これは、ダメだ……ッ」

「大丈夫ですよ、理比斗くん。怖がる心配なんて何もありませんから……ご安心を」

葉桜のやたら優しい声がオレのなけなしの理性を唆《そそのか》した。

迫り来る泡まみれの手。逃げ場のない風呂場。おっぱい。病み上がりの身体《からだ》。二人の水着姿。おっぱい。生活感。にゅるっ、にゅるっ、と響く摩擦音。羞恥心。おっぱい。ボディーソープの爽やかな香り。太もも。葉桜の真剣な表情。混ざり合う三人の吐息。くちゅっ、くちゅっ、と響く摩擦音。おっぱい。おなか。生活感。ひめマユの恥ずかしそうな顔。太もも。おっぱい。おっぱい。おっぱい。おっぱい。おっぱい。おっぱい。

万事休す。

財前、どうやらオレはここまでのようだ。……すまん。

と、諦めかけた刹那。

煩悩に押し潰された脳裏に突然、雷鳴の如《ごと》き天啓が轟《とどろ》いた。

逆転の発想！

コペルニクス的転回！

健全のパラダイムシフト！

そう！　これは、健全だ！　と、オレは怒濤《どとう》の勢いで開き直った。

水着の女子に泡まみれのぬるぬるで攻め立てられる状況は確かに、エロく見える。とんでもなく、エロく思える。だが、しかし！　これは違うのだ。病み上がりのオレが善意で身体を洗ってもらう、ただのそれだけなのだから！　何より、オレも葉桜もひめマユも水着を着ているわけだし、至って健全だ。いかがわしい要素はまるでない！　完全に健全だ。

むしろ、これを不健全と思うヤツこそが薄汚れた情欲まみれの不健全野郎なのだ！

無理も道理も知ったことではない、とオレは自らの良心に言い聞かせて葉桜の魔の手を受け入れることにした。滅茶苦茶《めちゃくちゃ》な理論であったとしても、この責め苦を耐え抜いて健全であることを証明すれば良いだけの話だ……！

脳内で財前も仏のような笑みを浮かべているし、きっと大丈夫だ。

「り、りーくん覚悟を決めたんだね……。よ、よーしっ。わかった！　りーくんのためにあたしも覚悟を決めて、全力でゴシゴシしちゃうね！　葉桜ちゃん、あたしもやるよっ」

「はい！　それでは共に参りましょうっ！」

いつにも増して力強く返事をした葉桜に一抹の不安を覚えた、その瞬間——

「きゃっ！」

気合いを入れて踏み込みすぎたせいか、葉桜は足下にこぼれていたボディーソープの泡で足を滑らせてしまった。そして、葉桜は少しでも衝撃を和らげようと、こけた勢いのまま手を伸ばしたのだが……その手が摑《つか》んだのはあろうことか、オレの海パンだった。

ずるり。

「え」

一瞬、頭の中が真っ白になった。

何が起こったのか理解するのを脳が拒絶していた。

一体全体……どうしてこうなった。

泡で滑ってこけた葉桜の手には海パンが握りしめられていた。それは、他でもないオレの海パンだった。そう、オレがついさっきまで穿《は》いていた海パンだ。見間違うはずがない。勘違いなわけがない。何故《なぜ》ならば……オレは今、海パンを穿いていないからだ。

不運な事故だった。と、受け流すにはあまりに衝撃的な出来事だった。

葉桜は海パンを握りしめたまま、涙目で震えていた。これまで以上に顔を真っ赤にして、まばたきをすることすら忘れて、ある一点だけを見つめ続けていた。

その視線の先には、オレがいた。

海パンを脱がされて剝《む》き出し状態になったオレは呆然《ぼうぜん》と仁王立ちしていた。

「――――ッ！」

葉桜の言葉にならない叫び声が風呂場《ふろ》に響き渡った。

▼　▼　▼

ざあざあと雨が降る外の景色をぼんやりと眺め、オレは教室の片隅で一人ぽつねんと佇《たたず》んでいた。

……昨日は凄まじい一日だった。

もはや、自分が風邪を引いていたことさえ忘れてしまうほどに、凄まじい一日だった。

風呂場で起こった事件を思い返し、オレは顔をしかめて下腹部を押さえ込んだ。

あのあとのことは、ほとんど覚えていない。ただ、葉桜が顔を真っ赤にしてひたすら謝罪してきたこと、ひめマユが「立ち位置的に見えなかった……くっそー」とやたら悔しがっていたことだけはかろうじて記憶している。

不幸中の幸いと言うべきか、二人の泡まみれの手で全身を洗われるという理性崩壊エンドは免《まぬが》れたわけだが、代わりに大事なものを失った気がする。そして、新たな性癖の扉がノックされた気もするが……流石にこればかりは気のせいだろう、と信じることにした。

「珍妙な顔をしてどうしたんだ？」

そう言って財前はオレの前の席に腰を下ろした。

「……元々こんな顔だ」

軽く微笑《ほほえ》んで、オレは肩をすくめた。財前もつられて頬を緩ませた。

「そうか、それなら良かった。例のことで思い悩んでいるのかと心配になったんでな」

「例のこと？」

「ああ。キミの根も葉もない噂《うわさ》だ」

事実無根の噂で勝手に嫌われるのは慣れている。と、いつものように開き直ろうとしたが、財前が続けた言葉にオレは面食らった。

「古川《ふるかわ》さんとひめマユを自宅に連れ込んでイチャイチャしていた、というとんでもない噂でな。まったく、けしからん嘘八百《うそはっぴゃく》だ」

根も葉もありすぎて草も生えないんだが……。

「まぁ、噂とはいえ、気をつけるに越したことはない。特に、古川さん以上にひめマユのファンは過激だからな。男子も女子もオタクもギャルも陰キャも陽キャも何でもござれの連合軍だ」

メガネをキラーンと光らせて財前は肩をすくめた。

「何より、ひめマユにはいかつい彼氏がいるそうだから本当に気をつけろよ」

「あ、ああ。そうだな……気をつけるよ」

浅黒い肌の手の模型を頭に思い浮かべ、オレは苦笑した。幽霊の正体見たり枯れ尾花、とはまさにこのことだろう。

「ところで、筧《かけい》。キミはこのままで良いのか？」

「…………」

このまま、というのは女殴ってそうだと言われて嫌われている現状のことを指しているのだろう。そんなもの今に限った話ではない。小学生の時も、中学生の時も、ずっと嫌われ続けた筋金入りの嫌われ者なのだ。

今更だ。

「キミは良いヤツだ。そのことを僕は知っている」

「お前が知っているのなら、それで満足さ」

「ははっ。嬉《うれ》しいことを言ってくれるね。……でも、それじゃあ僕は満足できないんだ」

オレの顔を切れ長の目で見つめ、財前《ざいぜん》は穏やかな声色で言葉を続けた。

「なぁ、筧。今の状況を本格的に打破してみないか？　勿論、一筋縄ではいかないと思うが……だとしてもだ！　たとえば、古川さんが協力してくれたら心強いし、それこそ影響力のあるひめマユが力を貸してくれるのなら――」

「無駄だ」

財前の言葉をぶった斬って、オレは目を伏せた。

第五話　「私はオトナになると決めたんです」

「私、読んでいる最中に何度も涙がちょちょ切れちゃいました！　もー、本当にすごくすごいんです！　やっぱり、綾城《あやしろ》先生の作品は最高ですっ」

スマホの画面に映っている葉桜《はざくら》を見つめながら、オレは「そこまで言うなら今度読んでみるよ」と穏やかな笑みをこぼした。

今日は葉桜の「理比斗くんとビデオ通話がしてみたいです！」という要望に応えて、自宅でビデオ通話をしている。葉桜曰《いわ》く、「オンラインでのやりとりってオトナっぽいです！」とのことだ。……わかるような、わからんような、相変わらず謎の感性だ。

「是非是非、読み終わったら感想を聞かせてくださいねっ」

「お前ほど熱くは語れないと思うが……善処するよ」

パソコンで通販サイトを開き、オススメされた小説の電子書籍を早速購入した。そして、ワークチェアに深く座り直して炭酸水を口にする。葉桜と会話しながらも、気楽にまったりできるのは自宅でのビデオ通話だからこそのメリットだろう。

自宅だから葉桜もくつろいでいるのか、メガネをかけて、シンプルなカットソーと落ち着いた色合いのロングスカートという文学少女っぽい格好をしていた。

一ヶ月前までは当たり前だった文学少女然とした葉桜が随分懐《なつ》かしく感じる。それと同時に、この一ヶ月間の濃厚さを改めて噛《か》み締めた。

「理比斗《りひと》くん！」

急に神妙な面持ちで開口した葉桜と目が合い、オレはゴクリと息を呑《の》んだ。

「な、なんだ……？」

いよいよパンクパークでの告白の返事を迫られるのだろうか、とオレは思わず身構えた。

「実は、やってみたいこと……。いいえ、やりたいことがあるんですが」

葉桜の口調はとても真面目なものだったが、正直なところオレは肩透かしを食らった気分で安堵《あんど》していた。葉桜が突発的にやりたいことを提案して、突拍子もない発言で驚かされるのはいつものことだ。だから今回も同じようなものだろう、とオレは油断して葉桜の言葉に耳を傾けた。

「理比斗くんが良い人だということをみんなに伝えたいんです！」

……本当に、葉桜にはいつも驚かされる。今回ばかりは悪い意味で、だが。

「葉桜」

オレが発した声の低さで察したのか、葉桜は一瞬身動《みじろ》ぎした。だが、この程度で諦めるような葉桜ではなく「ふんす！」と鼻息を荒くして、気合いを入れて再び開口した。

「理比斗くんが女性を殴るような人ではないということを！　そして、理比斗くんがいかに良い人であるかを！　いーっぱい、アピールしたいんですっ！」

「……ポジティブキャンペーン、ってことか」

「まさしく！」

強く頷《うなず》いて、葉桜は太陽の如《ごと》き笑顔を輝かせた。……その眩《まぶ》しさはオレの心に深い影を落とした。

「財前に何か言われたのか？」

「財前くん？　いいえ、私が勝手に思いついただけです。だって……ここ最近の理比斗くんの悪評は目を見張るものがありますから！」

今更だけどな、とオレは自虐的な苦笑いを浮かべた。

「それに、仲良くしてくれているクラスの女の子達にも、いつも言われているんです。理比斗くんとは関わらない方が良いよ、って。絶対に酷《ひど》い目にあわされるから、って。……言われるたびに私は反論をしているのですが、みんな聞く耳を持ってくれなくて」

申し訳なさそうに眉を八の字に曲げ、葉桜は頭を下げた。

お前が申し訳なく思うことじゃない。むしろ、それこそがオレは申し訳ない。

「もう答えが出ているじゃないか」

「え？」

「お前が反論しても誰も聞く耳を持ってくれなかったんだろ？　だったら今更何をしても無意味だ。気合いを入れて頑張ったとしても、無様に滑って終わるだけだ」

オレの言葉に対し、葉桜は目をキッと吊り上げた。珍しく怒っているらしい。

「そんなことないです！　みんなは理比斗くんを知らないから勘違いしているだけなんです。だから、ちゃんと良いところを伝えて、しっかりと理解してもらえれば――」

「無駄だ」

そんなことをしても逆効果になって余計に嫌われるだけだ。それをオレは幾度となく経験してきた。だから、何をしても無駄なんだ。いや、オレが嫌われるだけなら別に今更どうでもいい。だけど、オレを下手に庇《かば》ったせいで葉桜まで嫌われてしまったら……。

最悪の想像が脳内を蝕《むしば》み、オレは唇を強く噛み締めた。

「無駄かどうかはやってみないとわかりませんっ！」

「わかってるよ」

吐き捨てるように言ったオレの反論に対し、葉桜の返した言葉は希望にまみれていた。

「私だけでは力不足であれば、ひめマユちゃんにも協力してもらいますっ。ひめマユちゃんの影響力があれば成功間違いなしですから！」

葉桜にしても、財前にしても影響力を万能だと思いすぎている。影響力一つで簡単に好感度を手に入れられるのなら、世の中のインフルエンサーは苦労しない。

「ご安心を！　仮に、万が一、ポジティブキャンペーンに失敗したとしても、めげずに何度も何度も挑戦し続ければ絶対に何とかなりますから！　トライアンドエラーですっ！」

スマホの画面の中で激しい身振り手振りで熱弁する葉桜を冷めた目で見つめ、オレは軽く息を吐き出した。葉桜が熱くなればなるほど、オレの心は冷えていく。自分でも、その冷たさに驚くほどに。

「報われない努力をしても精神が磨《す》り減るだけだ」

「で、でも——」

「いつも言ってるだろ？　嫌われるのは慣れている、って。……良いんだよ。オレは、これで良いんだ。お前が気にすることはない」

ただ、葉桜に迷惑をかけているのならオレは————。

喉元まで出かかった言葉を無理矢理呑み込み、オレは目を伏せた。

無言の時間がしばらく続いたあと、オレはゆっくりと口を開いた。

▼　▼　▼

「……すまん」

葉桜は何か言いたげな、でも言い辛《づら》そうな困った表情をしていた。いつもはニコニコ笑っている葉桜を悉《ことごと》く否定して、追い詰めてしまったことをオレは酷く後悔した。

このまま通話を切った方がお互いのためかもしれない、と考えたが……葉桜が楽しみにしていたビデオ通話を台無しにして終わるのは気が引けた。そこで、オレは無理矢理に口角を上げて気分転換になりそうな話題を捻出することにした。

「と、ところで！　……部屋着は、オトナっぽいものにしないのか？」

気まずい空気を打破するためとはいえ、あまりにも唐突すぎるオレの発言に葉桜は目をパチクリさせた。

「え、あ……えーっと……」

先程までとの温度差で困惑しながらも、葉桜は両手を勢いよく叩《たた》いて、ぱちん！　と鳴らした。

「な、成程！　理比斗くんはもっと、えっちな部屋着をお望みってことですね！」

「なッ！　そ、そういう意味で言ったわけじゃないぞ！」

「そうですよね……だって、理比斗くんは生活感のあるエロスが好きですもんね！」

「待て、待て、待て！　その件については申し開きを――」

あたふたと反論を口にしようとした、その時。

ガチャリ。

と、スマホ越しに葉桜の部屋の扉が開く音が聞こえた。

「あ……お、お母さんっ！　あわわっ」

お母さん？

どうやら、部屋に母親が入ってきたようだが、それにしても随分な慌てようだ。……そりゃ、まぁ、オレみたいな男と通話していることがバレたら何を言われるかわからないし、当然かもしれないが……。

モヤモヤと考えながら、葉桜に迷惑をかける前に通話を切ってしまおう、とスマホに手を伸ばしたところ――突然、画面が真っ青に染まった。

「ん？」

ついさっきまでは葉桜の慌てた表情が映っていたのに、一瞬にして真っ青に染まった画面を凝視してオレは首を傾《かし》げた。

なんだこれは……？

ビデオ通話自体、家族以外とはほとんどしたことがなかったが……もしや、最近のアプリには画面を青くするシステムが搭載されているのだろうか？　例えば、いきなり親が部屋を訪ねてきた時に相手の顔を隠すために、とか。

もしくは……バグ。

あるいは、スマホが壊れてしまったのだろうか？

パソコンがエラーを起こした時に青い画面になることがあるし……と思いながら、オレは画面の青色をまじまじと見つめた。画面の端から端までくまなく注視してみたが、どこにもエラーメッセージは表示されていなかった。

不可思議なことに画面が青くなっても通話自体は継続しているようで、葉桜と母親の会話の声が微《かす》かに聞こえていた。

……一体全体どうなっているんだ？

首を傾げながら、謎が謎を呼ぶ青色を見続けていると……次第に、その画面の質感が布っぽいことに気がついた。妙に、肌触りが良さそうな、きめ細かな生地だった。

成程。その青色は画面に表示されているシステムやエラーではなく、葉桜のスマホカメラ越しに映っている布のようだ。

と、穴が開くほど謎の青い布を見つめていると、突然画面がガサガサと揺れ動いて、再び葉桜《はざくら》の顔が映し出された。

「す、すみません！」

スマホの向こう側で葉桜は申し訳なさそうにぺこぺこと頭を下げた。

「い、いや別に構わんが……どうしたんだ？」

「お母さんが急に部屋に来たので、慌ててスマホをスカートの中に……」

葉桜の放った言葉の弾丸がオレの脳髄を貫いた。

スマホをスカートの中に？

しかし、今、葉桜が穿《は》いているスカートの色は落ち着いた色合いのブラウンだ。どこをどう見ても、光の加減があったとしても、さっきの青色の布には見間違えようがない。なのに何故《なぜ》、スカートの中に差し込まれたスマホは青色を映し出したのだろうか。

その答えは一つしか見当たらなかった。

それでもオレは他の可能性にかけて、幾度となく脳細胞をフル稼働《かどう》させた。だが、考えれば考えるほど答えは一つに集約されていった。

スカートの中で見えた青色の正体とは——

――パンツ――

そう、オレが見た青色の正体は葉桜のパンツだったのだ……！

先程までの行動を思い返すと、オレは全身がカッと熱くなった。

不可抗力とはいえ、オレは葉桜のパンツを凝視してしまったのだ。端から端まで、詳《つまび》らかに。きめ細かな繊維までクッキリと。網膜に焼き付いてしまうほどにじっくりと。

これまで葉桜のパンチラや、ワンピースから透けたパンツは見たことがあったが……スマホのカメラ越しとはいえ、ここまでの近距離――もはやゼロ距離でパンツを見たのは当然、初めてだった。

刺激が強いどころの騒ぎではない、致死量のパンツを摂取してオレは全身が凄《すさ》まじい熱を帯びていくのを感じた。風邪の時よりも酷い熱さで、体中の血液が沸騰してしまいそうなほどだ。

「す、すまん……ッ！」

オレはひたすらに頭を下げた。

パンツを凝視してしまったことは流石《さすが》に言うことはできず、オレはただただ謝ることしかできなかった。

▼　▼　▼

葉桜とのビデオ通話を終え、オレはベッドに倒れ込んだ。

「はぁ」

ぐちゃぐちゃに乱れた頭の中は青一色に満たされている。

色んな意味で最低な自分に嫌気が差す。

脳内の葉桜のパンツの記憶を煩悩諸共《ぼんのうもろとも》に洗い流すため、気が抜けた生温《なまぬる》い炭酸水をゴクゴクと飲み干した。そして、財前《ざいぜん》の顔と共に、去年死んだじいちゃんの穏やかな笑顔を思い浮かべ、邪《よこしま》な感情を懸命に取り除いていった。

……三十分後。

「ふぅ……」

ようやく頭の中の青色が水色くらいに薄まったのを感じ、オレはスマホを手に取って立ち上がった。

葉桜がやりたいと言っていたオレのポジティブキャンペーン。そんなものはいくらやっても無駄で、無意味だ。仮に、財前が策を練ったとしても、ひめマユが協力して影響力を総動員してくれたとしても、結果は変わらない。

それでも、だとしても、と葉桜はビデオ通話が終わる直前まで希望まみれの理想論を取り下げることはなかった。明日にでも決行しそうな勢いだった。

……オレのことを思ってくれているのはすごく嬉《うれ》しいことだ。だが、それはそれ、これはこれだ。もし、このままポジティブキャンペーンを決行したならば、葉桜は文学少女を辞めた時以上にみんなから白い目で見られてしまうだろう。

幻滅されるどころではなく、腫れ物扱いの末に嫌われ者へと真っ逆さまだ。

それだけは何としてでも阻止しなければならない。

嫌われるのはオレだけでいい。

葉桜が嫌われるのは絶対にダメだ。

だったら、いっそのこと――――。

▼　▼　▼

夏が近づく気配を纏《まと》った熱気を感じながらオレは夜道を一人歩き、六々坂《ろくろくざか》商店街に辿《たど》り着いた。そして、夜遅くにもかかわらず賑《にぎ》わっている北通りではなく、寂れたゴーストタウン同然の南通りに足を運んだ。

南通りには平成の匂いが色濃く残っていた。

潰れたオモチャ屋の入り口に張られているホビーアニメのポスターを一瞥《いちべつ》し、生々しいノスタルジーを感じた。父さんがこういう平成のホビーアニメが大好きで、幼い頃によく話をしてくれた記憶が蘇《よみがえ》る。

父さんが平成初期を懐《なつ》かしむように、オレも大人になるにつれて令和初期に思いを馳《は》せるようになるのだろうか。……きっと、オレも父さんみたいに思い出をしゃぶるおっさんになるんだろうな。

その感情は今のオレにとって漠然とした恐怖でもあり、どこか完熟した甘さを感じる憧れのようでもあった。

なんて、詩的なことを考えながら目的地に到着すると、見慣れた水色メッシュの金髪ギャルがオレの前に姿を現した。

「やっほー、りーくん！」

「こんな夜中に呼び出して悪いな、ひめマユ」

ひめマユは、水色のスウェットの上にカーディガンを羽織った部屋着スタイルだが、顔はバチバチにメイクを決めていた。呼び出したせいでわざわざメイクをさせてしまったのか、とオレは申し訳なくなった。

「どーしたの、りーくん？　ヤケに堅苦しい顔してるけど……もしかしてメイクのこと気にしてる？　呼び出したせいでわざわざメイクをさせてしまって申し訳ない～、とか？　あはは！　どのみちコンビニに行く用事があったから、お気になさらず～」

そう言ってひめマユは「ギャルはメイクが命だから、近所のコンビニだとしてもすっぴんで外に出るのイヤなんだー」と、あっけらかんと笑った。

「りーくんのためなんかじゃないんだからねっ！」

南通りの雰囲気につられたのか、平成の匂い漂うツンデレのモノマネをわざとらしく披露したあと、ひめマユは目を細めた。

「ねえ、りーくん。あたしに大切な用事があるんでしょ？」

「……ああ」

「も、もしかして告白？　流石にそれは……ちょっと待ってほしいかも。まだ、もにゃもにゃの正体もわかってないし……」

顔を赤くしてごにょごにょと言葉を連ねるひめマユに対し、オレは冷めた表情で首を横に振った。

「って、そんなノリじゃないか。……あははっ」

「すまん」

これから話すことも諸々《もろもろ》を含めて、オレは先に謝罪の言葉を口にして深く頭を下げた。

そして、葉桜がオレのポジティブキャンペーンを決行しようとしていること、このままでは葉桜が取り返しのつかないことになってしまうことを噛《か》み砕いてひめマユに説明した。

「ふーん。成程ね」

ひめマユはツリ目を更に吊り上げて、オレの顔をジッと見据えた。

「で？」

先程までの明るい雰囲気とは異なる冷静な声色で、ひめマユは問いかけた。恥ずかしがり屋のひめマユとは異なる、ギャルモードのひめマユの底知れない迫力にオレは思わず陰キャ根性を炸裂《さくれつ》させて尻込みしそうになった。が、ここで怖《お》じ気《け》づいたら元も子もない、と歯を食いしばった。

「……オレの悪評を広めてくれないか」

「何それ」

ひめマユの鋭い視線が心に突き刺さるが、オレも負けじと心の温度を冷たくして言葉を続けた。

「葉桜がポジティブキャンペーンを諦めるくらいの……葉桜さえもオレに幻滅するような、特大の悪評を学校中に広めてほしいんだ」

葉桜とオレの関係性を完全に断ち切れば、最悪の未来は回避できる。これでオレと関わらなくなれば葉桜も友達から心配されることがなくなり、晴れて自由な青春を謳歌《おうか》できるというわけだ。

「……そんなことしても、葉桜ちゃんは諦めないと思うけど」

確かに、葉桜は簡単には諦めてくれないだろう。

「だったら、あいつが諦めるくらいの最悪なオレを見せつければいい」

オレは自虐的に、自傷的に、シニカルな笑みを浮かべた。

「たとえば、オレが実際に女を殴っているところを動画に撮って拡散する、とかな」

「りーくん、冗談でも言って良いことと悪いことがあるよ」

ひめマユは怒りを露《あら》わにしたが、冷え切ったオレの心にはもはや響くことはなかった。

「それに……そんなことしたら葉桜ちゃんとは友達でいられなくなっちゃうんだよ？」

「…………ああ、それで良い」

葉桜がみんなに嫌われるより、ずっとマシだ。

「はぁ……」

ため息を深く吐き出し、ひめマユは肩をすくめた。

「りーくんってナルシストだよね。頑固だし。意固地だし。自己犠牲なんて今どき流行《はや》らないよ？　そんなの当人が気持ち良いだけの……お、オナニーなんだからっ」

「男なんだからオナニーが好きなのは当たり前だろ。……なんてな」

自暴自棄な反論をしたオレを悲しそうな目で一瞥し、ひめマユは「りーくんのばか」とギャルっぽさのまるでない、子供じみた声色で罵倒した。

「ねぇ、本当に良いの？　あたしが本気で拡散したら、りーくんの学校での立場は酷《ひど》いことになっちゃうよ？　りーくんだってよく知ってると思うけど、良い噂《うわさ》よりも悪い噂の方があっという間に燃え広がっちゃうんだから」

覚悟を試すひめマユの問いかけにオレは静かに頷《うなず》いた。

「ああ。嫌われるのは慣れている」

小学生の時から今に至るまでずっと、オレは嫌われ続けてきた。それと何も変わらない。

ただ、葉桜《はざくら》と出会う前に戻るだけだ。ジクジクと疼《うず》く心の痛みも、寂しさも、罪悪感も、いずれ風化していくはずだから——。

▼　▼　▼

翌朝。

オレが教室に入った瞬間、クラスメイト全員からの嫌悪《けんお》と侮蔑の混じった視線が一斉に突き刺さった。

「うわ、覚《かけい》……」

「動画であんなこと暴露されて恥ずかしくないのかよ」

「逆に開き直ってたりして……むしろ、それが快感とか？　うっわー、ドン引き」

「あいつのせいで俺達の文学少女が汚《けが》されたんだ……！　あんなオナニー野郎に！」

全方位から罵詈雑言《ばりぞうごん》を浴びせられながら、俺は何食わぬ顔で自分の席に腰を下ろした。

この程度なら想定内だ。むしろ、もっとボロカスに言われると腹を括《くく》っていた分、拍子抜けだ。

いつもの悪口陰口と変わらない。五月蠅《うるさ》くなったらイヤホンで耳を塞げば良いし、煩わしくなったら目を伏せて寝たフリをすれば良いだけだ。

それだけで事は済む。ひめマユ様々だ。

……昨日の夜、オレはひめマユと共に最低最悪の動画を撮影した。オレがひめマユを殴っているように見えるフェイク動画だ。つまり、女殴ってそうな男が実際に女を殴っているという決定的瞬間だ。

その動画がひめマユの影響力によりあっという間に拡散され、今に至るというわけだ。

これで葉桜はオレに幻滅し、自然と関係は断ち切れるはずだ。

仮に、葉桜が諦めずに行動を起こそうとしたとしても、クラスメイト達が阻止してくれるだろう。クラスメイト達からすれば、オレは本当に女を殴っているクズ野郎でしかないのだから。

「筧！」

財前《ざいぜん》が大慌てで走ってやってきて、オレの顔を凄《すさ》まじい形相で見下ろした。流石《さすが》の財前も友人として思うところがあるようで見るからに取り乱している。

「あの動画はどういうことなんだ？　ひめマユの言っていたことは──」

「どうもこうもない。あれがオレの真実だ」

平然と答えたオレをジッと見つめ、財前は信じられないといった様子の表情で狼狽《うろた》えた。

「そうか……」

財前はぐしゃぐしゃに乱れた前髪を整えることもせず、言葉を詰まらせたまま、オレの顔を見つめ続けた。

「筧、キミは……」

一息、呑《の》み込んで、財前は恐る恐る言葉を継ぎ足した。

「……それで良いのか？」

「良いに決まってるだろ」

オレは唇を歪《ゆが》めて露悪的な笑みを浮かべてみせた。更に、できる限り邪悪な声色で言い放った。

「むしろ、オレにとってはアレが生き甲斐《がい》なんだ。癖になってる、と言っても良い。……財前、お前にもあの快感を手取り足取り教えてやりたいよ」

オレの発言に耳を澄ませていたクラスメイト達が一斉にざわざわと騒ぎたてた。女子達はドン引きの表情を浮かべ、男子達は顔が引きつっている。少し演技ぶってやりすぎたかもしれないが、これくらいやった方が後腐れないだろう。

「じょ、冗談だとしてもやめてくれ……僕にそんな趣味はない！」

「冗談を言っている顔に見えるか？」

今のオレは、女殴ってそうな男ではない。

事実として、女殴ってる男だ。

ただのクズ。

どうしようもないほどのカス。

正真正銘、言い訳無用の嫌われ者だ。

「り、理比斗《りひと》くん……！」

聞き慣れた声が——聞き慣れない弱々しい声色でオレの名前を呼んだ。振り返ると、そこには動揺を隠せない表情の葉桜が立ち尽くしていた。

「えっと……その……えへ、えへへっ」

ヘタクソな笑うフリをして、葉桜が何か言いかけた寸前でオレは立ち上がった。

「もうオレに関わらない方が良い」

そう吐き捨てて、葉桜と目を合わせることなくオレは教室を飛び出した。財前が何か叫んでいる声が聞こえたが、振り返ることなく廊下を走り抜けた。そして、我武者羅《がむしゃら》に突き進んで辿《たど》り着いたのは……校舎裏の人が寄りつかない廃れた倉庫前のベンチだった。

鬱蒼《うっそう》と雑草が生い茂る青臭いベストプレイスだ。

結局、オレは一人でここにいるのがお似合いというわけだ。

ベンチに腰を下ろして、おもむろに空を見上げた。

酷く澄んだ青空だった。

梅雨のピーク時だというのに今日は雨粒一つ降っていない。晴れ渡る青空がどこか薄ら寒く、オレの冷えた心をジリジリと焦がしていく。

「………はぁ」

右手の中指につけているタコデビの指輪を見つめ、オレは掠《かす》れたため息を吐き出した。黒と青のツートンカラーのステンレスリング。葉桜と決別したはずなのに、おそろいの指輪を無意識的につけている自分の未練がましさに嫌気が差す。

無心になろうと目を閉じても、まぶたの裏に葉桜と過ごした日々の思い出が蘇《よみがえ》ってしまった。何度振り払おうとしても、忘れようとしても、楽しかった記憶が止めどなく溢《あふ》れていく。

初めての放課後デートは六々坂《ろくろくざか》商店街だった。葉桜はゲーセンでクレーンゲームを無邪気に楽しんだり、憧れていたラーメンライスをモリモリ食ったり、本屋で大好きな本を早口で語ったり……心の底から楽しそうだった。そして、オレも楽しかった。

休日デートで行ったショッピングモール・VIVIでオレは常に驚かされてばかりだった。薄いピンクのニットワンピから透けたパンツ、おそろいの指輪、通販サイトでパンツ選び……と、葉桜は常にオレの想像の遥《はる》か斜め上を爆走していた。驚愕《きょうがく》と反省の末、オレも少しずつ成長している気がした。

人気のない遊園地、淀路野《よどろの》パンクパークではひめマユを一緒に尾行した。パンクパークの残念な要素を満喫しつつ、ひめマユの謎の行動に驚かされつつ、色々と楽しみ尽くした激動の一日だった。ナイトパレードで告白された返事ができていないのは心残りだが……。

風邪を引いたオレを看病しに来てくれたことは記憶に新しい。えっちな写真集を真っ赤な顔で熟読したり、家庭的なひめマユに敗北感を味わっていたり、いつにも増して葉桜の百面相が冴《さ》え渡っていた。……風呂《ふろ》場で起こった一大事件はご愛嬌《あいきょう》だ。

何もかもが濃密な思い出ばかりだ。

こんなもの忘れられるわけがない。

今更になって寂しさがこみ上げてきてオレは口元を手で押さえ、嗚咽《おえつ》を無理矢理に塞ぎ止めた。

ひめマユの前では強がっていたけれど、結局のところオレは弱く……無様だ。

決別するということは、葉桜と出会う前に戻るだけではなかった。そんな生やさしいものではなかった。幸せだった思い出が無数の針となって、オレの心を無秩序に突き刺していく。酷い喪失感と、途方もない罪悪感で押し潰されてしまいそうだった。

それでも……これで良かったんだ。

葉桜が嫌われないためには、オレが嫌われる以外に解決策はなかった。あのままの関係を続けていたら、いずれ葉桜はオレ絡《がら》みで嫌われることは免《まぬが》れなかっただろう。だから、これで良い。これが良かったんだ。と、オレはグチャグチャになった心に必死に言い聞かせた。

「理比斗くん！」

聞き慣れた声が──いつも以上に力強い声色でオレの名前を呼んだ。

顔を上げると、そこには葉桜が凛《りん》とした表情で立っていた。

▼

▼

▼

「えへへ。授業サボって来ちゃいました」

葉桜は照れ臭そうに微笑《ほほえ》んで、オレの隣に腰を下ろした。

あどけない笑顔。艶やかに揺れる濡羽色《ぬればいろ》のストレートヘア。ドキッとする短さのスカート。そして、右手中指で渋い煌《きら》めきを放つタコデビのツートン指輪《リング》を一瞥《いちべつ》し、オレは小さく息を吐き出した。

「……何をしにきた」

「理比斗くんとお話をしにきました」

感情を押し殺して冷たく問いかけたオレに対して、葉桜は穏やかに言葉を返した。その表情はパンクパークでひめマユを受け入れた時と同じく、女神のような包容力に溢れた優しい笑顔だった。

だからこそ、オレは一段と心の温度を低くして強い語調で言い放った。

「……オレに関わらない方が良い、と言ったはずだ」

「はい。言われました。でも、それで関わらなくなるほど私はおバカじゃありません！」

葉桜《はざくら》の汚れを知らないイノセントな眼差《まなざ》しは今のオレには眩《まぶ》しすぎるものだった。まるで、オレの心にこびりついた醜い闇を悉《ことごと》く浮き彫りにするかの如《ごと》く、残酷な光だ。

「私はオトナになると決めたんです！」

いつもの調子で言った葉桜から目を逸《そ》らし、オレは力なく首を横に振った。

「ひめマユもいるし、クラスで友達もできたんだし、わざわざオレに固執する必要はないだろ……」

「いえ。私の師匠は理比斗くんだけです」

葉桜は淀《よど》みなく、キッパリと断言した。

「それに、私がオトナになろうと決めた一番の理由は理比斗くんですから」

「……理由？　文学少女のままだとみんなに置いてけぼりにされたくなかったから、じゃないのか？」

「勿論《もちろん》、それも大きな理由です。でも、それ以上に理比斗くんとの出会いが私の弱い心を突き動かしたんです」

葉桜とオレが出会った日。それは、夜の公園で弟子入り宣言したあの日のことではなく、これ見よがしに桜が舞い踊る入学式の日のことだ。オレにとっては、高校デビューの漠然とした夢が一瞬で壊れた苦い記憶だが……。

「あの日……理比斗くんがクラスのみんなに勘違いされて、酷《ひど》いことを言われているのに、私は何も言い返すことができませんでした。それどころか、被害者として祭り上げられて余計に理比斗くんを傷つけてしまいました……」

太ももの上でスカートを忌々《いまいま》しそうに握りしめて、葉桜は震える声でたどたどしく言葉を続けた。

「そんな自分がすごく情けなくて、どうしようもないほど子供に思えたんです」

「子供……」

「はい。私はずっと、他人からの評価を気にしてばかりで、嫌われることに怯《おび》え続けて、文学少女というイメージに染まるしかなくて、オドオドと他人が敷いたレールの上を歩くだけの……自我を持たない子供でした」

すぅー、と息を深く吸い込んで葉桜は少し間を置いてから、ゆっくりと言葉を吐き出した。その声色は恐ろしいほどに澄んでいた。

「だから、私はオトナになろうと思ったんです」

それが、葉桜の真相。

文学少女を演じていくことに葉桜は苦しみ続けていた。本当の自分が薄まっていきそうな恐怖と、幻滅されてしまうかもしれないという義務感と、自分だけ少女のまま置いてけぼりにされているという焦燥感にまみれて、ずっとオトナに憧れていた。でも、どうすることもできずに本の山に埋もれていた。

そんな葉桜の最後の引き金《トリガー》になったのが、奇《く》しくもオレだったというわけだ。

いわば、これもオレのせいか……。

「私にとって、理比斗くんはオシャレで、スタイリッシュで、カッコよくて……周りを気にしない確固たる意思があるオトナの象徴でした」

弟子入りを申し込まれた時にもそんなことを言われたな、とオレは懐《なつ》かしさに胸を打った。……成程。思い返してみれば、あの時から葉桜は『自分を貫くこと』をオトナの証《あかし》として掲げていたな。

「でも、理比斗くんの弟子になって、デートを沢山して、一緒に過ごして色々と知っていくうちに私は気がついたんです。……理比斗くんが苦しんでいるということに」

葉桜は心を見透かすような透明感たっぷりの眼差しで、オレの心の奥深くを苛烈に抉《えぐ》り取った。

「理比斗くんはいつも、嫌われるのは慣れている、と言っていますよね」

「ああ。実際に、慣れているからな」

物心がついた頃からひたすら嫌われてきたのだから、当然だ。

「気づいていないかもしれませんが……その言葉を口にする時の理比斗くんはとても寂しい表情をしているんです」

「な……！」

葉桜はオレの顔をジッと見つめて、祈るような声で告げた。

「そんな理比斗くんの表情に気づいた時、やっと私は自分の過《あやま》ちを知りました。私は……理比斗くんに勝手な理想のオトナを押しつけていたんです。みんなが私に理想の文学少女を求めていたように、私も同じことを理比斗くんにしていたんです」

そして、葉桜は「ごめんなさい」と頭を下げた。

「理比斗くんだって普通の男の子だったのに……」

「はは、今更かよ。……そうだ。オレはオトナなんかじゃない」

乾いた笑い声を上げながら、オレは目を細めて露悪的な表情を浮かべた。

「でも、子供のままで良いだろ？　オレ達はまだ高校生なんだぜ」

放っておいてもオレ達は年を重ね、あっという間に老いていく。楽しいことも苦しいことも全て思い出に変わって、未練がましくノスタルジーをしゃぶるようになる。どうせそうなるのなら、今だけは青春という名のモラトリアムにどっぷりと浸《つ》かっていれば良いじゃないか。

「それで理比斗《りひと》くんが幸せならば良いと思います。それなら、私は何も言いません。……けど、そうじゃないですよね？　今の理比斗くんは苦しんでいます。現実から逃げて、言い訳を重ねて、どうしようもないから諦めているだけです。……つまり、理比斗くんは嫌われることに慣れてなんかいません！　ただ、慣れたフリをしているだけですっ！」

「…………」

まぶたがピクピクと痙攣《けいれん》した。

「大勢に好かれる必要はありません。でも、だからといって大勢に嫌われて良い理由にはなりません！」

慈《いつく》しみに満ちた柔らかな笑顔で葉桜はオレに手を差し伸ばした。

「理比斗くん。私と一緒にオトナになりませんか？　たとえば、インテリなメガネをかけて七三分けにしてカッチリした服を着て、知的なオトナ男子にイメチェンしたりとか！

逆に、おひげを生やしてワイルド系お兄さんになるのもアリかもです！」

「無駄だ」

低く唸《うな》るように言ったオレに対し、葉桜は希望まみれの綺麗事《きれいごと》を掲げ続けた。

「無駄かどうかはやってみないとわかりません！　私だって、コテコテの文学少女から変われたんですから！　理比斗くんだって大丈夫です！　ご安心を！」

「無駄だって言ってるだろッ！」

思わず声を荒らげてしまったことを反省し、オレはすぐに「すまん」と謝罪の言葉を口にした。怒りに呑《の》まれて大声を出すのは暴力を振るうのと大差ない。それこそ、本当に女を殴るクズになってしまう。

それに、オレが怒っているのは葉桜ではなく、オレ自身なのだから。葉桜に怒鳴るということは八つ当たりでしかない。

「……オレだって、変わるために色々とやってきたさ」

グツグツと煮え滾《たぎ》る感情が暴発しないようにゆっくりと、オレは言葉を絞り出した。

「でもな、全部無駄だったんだ。むしろ、余計に嫌われてばかりだった」

思い切って坊主《ぼうず》にしてみたら反省したフリだと言われ、髪を派手な色に染めたらメンヘラ臭が強いと言われ、健康的に日焼けをしたらチンピラみたいだと言われ、見た目をいくら変えても散々な結果だった。

無論、行動で示してみても、偽善者だの黒幕っぽいだのボロクソに言われる始末。

「何をしても結局、それはそれで女殴ってそうだと言われ続けたんだ」

いっそのこと、本当に女殴ってそうなイケイケの男になれたら開き直れたんだろうけれど……残念ながらオレは恋愛経験ゼロのダメダメな童貞なのだ。

どん詰まりだ。

「なぁ、葉桜。こんなオレがどうやったら変われるって言うんだよ。ただでさえ、ひめマユに頼んで悪評を広めてしまったんだぞ。ここからの大逆転なんてあり得ないだろ……」

「それこそ、ご安心を！」

絶望で前が見えなくなったオレの行く道を照らし示すように、葉桜は太陽の如き笑顔を輝かせた。

「あ！　ベストタイミングで来てくれましたっ」

「え？」

ニコニコ笑顔の葉桜が指差した方向に視線を向けると、鬱蒼《うっそう》と生い茂る雑草をかきわけて金色と水色を纏《まと》った小柄なギャルが姿を現した。

「やっほー！　りーくん、元気してるー？」

▼

▼

▼

「ひ、ひめマユ……？　なんでここに？」

「葉桜ちゃんに教えてもらったんだー。って、まずはそんなことよりも……」

驚いて立ち上がったオレを小悪魔チックな上目遣いで見つめ、ひめマユは両手を合わせて「ごめん！」と謝罪の言葉を口にした。

「昨日のやつ、全部ウソ！」

「……は？」

ひめマユはヘラヘラと笑いながら開口した。

「実はさ、昨日の夜にりーくんと会う前、葉桜ちゃんから緊急で連絡があったんだ。りーくんが思い詰めているかもしれないので気をつけてください、って」

葉桜が行動を起こす前に先手を打ったつもりが、更に先手を打たれていたなんて……。

「騙《だま》すようなことをしてしまって、すみませんっ。ビデオ通話をしている時の理比斗くんはすごく思い詰めていて、ただ事ではないように感じたので……。特に、通話を終える直前は顔を真っ赤にして尋常じゃないくらいプルプル震えていましたし」

「うぐっ。そ、それは――」

通話を終える時に挙動不審だったのは葉桜《はざくら》の青色のパンツを凝視してしまったから、という理由が大半を占めているのだが……。今、そんなことを言っても話が逸《そ》れるだけなので、喉元まで出かかった酷い言い訳を何とか呑み込んだ。

「やっぱりさ、自己犠牲って良くないと思うんだよね。何より、りーくんが酷い目にあうのは仮にりーくんが良くてもあたしが嫌だもん」

頬を軽く膨らませたあと、ひめマユはニヤリと口元を緩めて微笑《ほほえ》んだ。

「だから、りーくんに協力して悪評を拡散するフリをしたんだ。嘘《うそ》をついて騙すのはあたしの十八番《おはこ》だからさ。ひひひっ」

イタズラっぽく笑うひめマユを見つめ、オレは混乱する頭で必死に考えを巡らせた。

ひめマユが葉桜と協力してオレを騙していたのならば、昨日の夜に撮影した動画は何だったんだ？　オレがひめマユを殴ったように見せる渾身《こんしん》のフェイク動画も、それこそフェイクだったということか？

いや、しかし！

「待ってくれ！　じゃあ、クラスのヤツらが見た動画は何だったんだ？　どう考えてもオレのことを軽蔑し、嫌悪《けんお》する内容だったはずだ。そうじゃなければ、あんな空気にはならないだろ……？」

ドン引きの表情の女子達と、引きつった顔の男子達、そして狼狽《うろた》える財前《ざいぜん》の姿を思い返し、オレは困惑した。

「あちゃー、そんな空気になっちゃってた？　んー、ちょっとサービスして余計なこと言っちゃったかなぁ。ごめん、ごめん！」

そう言って、ひめマユは肩をすくめて苦笑した。

「でも、色々と勘違いしているだけだから大丈夫だよ」

「……どういうことだ？」

「こういうこと！」

ケロッとした表情でひめマユはスマホを取り出し、動画を再生した。

そこには、六々坂《ろくろくざか》商店街のシャッターを背景にして笑顔のひめマユが映っていた。水色のスウェットにカーディガン、そしてバチバチのメイク。間違いなく昨日の夜のひめマユだ。しかし、そこにオレの姿は見当たらなかった。

「りーくんとフェイク動画を撮ったあと、一人でこっそり撮影したんだ」

「な……！」

「つまり、あたしが拡散したのはこっちの動画ってわけ」

愕然《がくぜん》とするオレとは対照的に、動画の中のひめマユは『やっほー！』と気の抜けた挨拶と共に明るく語り始めた。

『一年一組のみなさーん！　隣のクラスで人気のギャルこと、ひめマユだよーん。実はみんなに伝えたいことがあって、この動画を撮ってるんだ。だから、スキップしないで最後まで見てねー』

クラスのみんなに伝えたいこと？　まったくもって見当もつかないオレは首を傾《かし》げながら、スマホにかじりつくように動画を凝視した。

『あたしが伝えたいことは、ずばり！　りーくん……筧《かけい》理比斗くんのこと！　みんなも気になってるよね？　最近、葉桜ちゃんやあたしと仲良くしているし、女殴ってそうな顔してるし、女を食い物にしているヤリチンだと思ってるでしょ？』

ひめマユは突き立てた人差し指をチッチッチ、と振った。

『でも本当はね、彼はヤリチンでも何でもないの！　むしろ、根っからのオナニー好きなんだっ！』

こ、こいつ！　いきなり何を言っているんだ……？

『さっきも言ってたもん。男だからオナニー好きなのは当たり前だろ、って！　しかも、すんごいドヤ顔で！　あはははは！』

ひめマユはギャルモードでゲラゲラと笑っているが、顔は真っ赤に染まりきっていた。普段なら恥ずかしがって言えないような過激な単語を連発して相当無理をしているのだろう。……新手のプレイみたいでオレの方がもにゃもにゃしてしまうが、今はそんな邪《よこしま》なことを考えている場合ではなかった。

今、重要なのは——寛理比斗はオナニー好き、ということだ。

クラスメイト達がオレのことを嫌悪し、侮蔑していた理由はこの発言のせいだったのだ。だから、女子達は気持ち悪がってドン引きし、男子達も引きつった顔をしていたというわけか……。

オナニーが好き、というのは実際にオレが発言したことだから嘘でも何でもないのが余計な生々しさを加速させている。

と、そこまで考えてオレはハッとした。朝に財前と会話した時、オレは動画の内容の全てを肯定して開き直ってしまった。つまり、オナニー好きであることを公然と認めてしまったのだ！

そして、あろうことか財前に「お前にもあの快感を手取り足取り教えてやりたいよ」と死ぬほど気持ち悪いことを言ってしまったというわけだ……ッ！

ああああああああああああああああああ！

想像を絶する真実にオレは感情がぐちゃぐちゃに掻《か》き乱された。ひめマユの動画の発言だけなら言い訳はできたが、偽悪的になるあまり教室でいらんことを言いまくったせいで……うごごごご。

『まぁ、オナニー好きだからってヤリチンじゃない、とは言い切れないかもだけど……。まぁ、これ以上はあたしが言うべきじゃないかな』

へたり込むオレのことなど露知らず、動画の中でひめマユは真っ赤な顔で笑っていた。

『というわけで続きは明日！　みんな大好き葉桜ちゃんが直接言いたいことがあるみたいだから、お昼休みに一組の教室に集まってねー！　最後まで見てくれてありがとー！』

そこで動画は終わった。

「勢いで色々と……変なこと言っちゃってごめんね。でも、キャッチーなこと言った方がみんなの心を摑《つか》めると思って……あはは っ」

開いた口が塞がらないオレの脇腹を突っつき、ひめマユは申し訳なさそうにはにかんだ。

ひめマユもまさか、オレが友達にオナニーのやり方を懇切丁寧に教えたがる変態になってしまったとは思うまい……。

「さて、ここからは葉桜ちゃんのターンだね！」

「はい！　ひめマユちゃんが繋《つな》げてくれたバトン、しかと受け取りましたっ」

ふんす！　と鼻息を荒くして葉桜は元気よく頷《うなず》いた。

「でも、昼休みまでまだまだ時間あるし、しばらくはここで時間潰そっか？　今、教室に戻っても居心地悪いでしょ、りーくん」

「三人でサボっちゃうなんて刺激的ですね！　えへへ、私ワクワクしちゃいますっ」

無邪気にはしゃぐ二人を呆然《ぼうぜん》と眺め、オレはへなへなと力なくベンチに座り直した。

「ほらほら、りーくん！　そんなゲッソリした顔しないでさ、のんびりまったりしようよ。昨日からずっと精神磨《す》り減らしてたでしょ？　少しはリラックスしないと！」

「えへへ、実はお菓子を持って来ちゃったんですっ。みんなで食べましょう！」

ワクワクを抑え切れていない笑顔で葉桜が取り出したのは、張り裂けそうなほどパンパンに膨れ上がったレジ袋だった。中身はチーズおかき、黒糖飴《あめ》、あられ、梅昆布、かりんとう、柿ピー、もなか、たまごボーロ、柏餅《かしわもち》、ういろう、金平糖……などなど大量のお菓子で溢《あふ》れている。

「葉桜ちゃん、お菓子のセンスがおばあちゃんだねー」

ひめマユの率直な感想に葉桜は「がびーん！」とショックを受けた。

「オトナを通り越しておばあちゃんになってしまうなんて……！」

「いやいや、そんなショック受けなくたって大丈夫だって。あたしもこういうお菓子好きだし！　チーズおかき美味《おい》しいよねー」

ひめマユに慰められて一瞬で笑顔を取り戻した葉桜を眺めていると、次第に心の中がポカポカと温かくなっていくことに気がついた。そして、このままウダウダ嘆いてもしょうがないか……と、オレは二人の好意に甘えて一息つくことにした。

▼　▼　▼

そして、昼休み。

葉桜とひめマユと共にオレが教室に足を踏み入れた瞬間、うららかな昼の空気が反転し、どよめきが巻き起こった。更に、クラスメイト達の懐疑的な視線が一斉にオレ達を突き刺した。

ざっと教室を見渡してみると、クラスメイト達は誰一人欠けることなく全員揃《そろ》っていた。貴重な昼休みにこうして集合してくれたのは余程、葉桜とオレの関係性に興味を持ってくれたからだろう。……良くも悪くも、だが。

「理比斗《りひと》くんとひめマユちゃんは見ていてください」

「本当に一人で大丈夫なのか？」

不安を抑えきれずに問いかけたオレに対し、葉桜は静かに頷いた。

「……ご安心を」

それだけ言って、葉桜は教壇に向かって歩いて行った。オレとひめマユはそれ以上言及することなく、ただ見守ることしかできなかった。

最悪の場合、オレが悪役を買って出れば葉桜だけでも助けることはできるだろう。と、自己犠牲のプランを考えていたところ、ひめマユに思惑を見透かされて「りーくん、ダメだよ」と釘《くぎ》を刺されてしまった。

すぐに偽悪的なナルシシズムに走るのは悪い癖だな、とオレは改めて反省した。そのせいで葉桜にもひめマユにも迷惑をかけて、余計な心配をさせてしまったのだから。

だからこそオレは腹を括《くく》って、葉桜を全力で信じることにした。

「わざわざ集まってもらってすみません。そして、ありがとうございます」

教壇に立った葉桜の声色はいつもより遥《はる》かにか細く、弱々しく震えていた。顔色も青白く、表情も不自然に歪《ゆが》んでいる。クラスメイト達からの異様な注目を一斉に浴びたことで萎縮しているようだった。

それでもなお、葉桜はクラスメイト全員の視線から目を背けることなく、むしろ一人一人の顔を順に見つめながら真摯に言葉を紡《つむ》いでいった。

「……私が伝えたいのは、ただ一つ。理比斗くんはみんなが思っているような悪い人ではないということです！」

葉桜《はざくら》の言葉を聞いて、クラスメイト達は一斉に怨嗟《えんさ》の視線をオレに向けた。その目には、いつも以上に嫌悪《けんお》と侮蔑が滲《にじ》んで禍々《まがまが》しく揺れ動いていた。

女殴ってそうな男という定番のレッテルに加えて、オナニー好きの変態野郎という最低最悪なレッテルまで貼られてしまったのだから無理もない。

「みんなが理比斗くんのことを嫌うのは彼のことを何も知らないからです。知ろうとしていないからです。なのに、雰囲気だけで勝手に決めつけるなんて酷《ひど》いです。勿体《もったい》ないです！　……だって、理比斗くんは知れば知るほど、とっても素敵な人なんですから！」

葉桜は自らを鼓舞するように、声高々と言葉を口にした。心なしか顔色も良くなっているように見えた。しかし、葉桜の言葉はクラスメイト達の心に響くことはなく、虚《むな》しく宙を舞って霧散した。

クラスメイト達は可哀想《かわいそう》な被害者を見るような目で葉桜を見つめていた。きっと、葉桜の発言はオレに言わされている、と思っているのだろう。

「みんなは知っていますか？　理比斗くんが木登りをするのが得意だということを！」

葉桜は自信満々に言って「ふんす！」と鼻を鳴らした。さっきまで萎縮していたとは思えないほど元気が漲《みなぎ》っている。大好きな本を語る時のようなテンション感だ。

これでこそ葉桜だ、とオレは頬を緩ませた。

だが、クラスメイト達の表情は相反するものだった。

「お猿さんみたいに軽やかな動きで木に登って、ヒーローみたいに颯爽《さっそう》と飛び降りる理比斗くんは最高にカッコいいんですから！」

めげずにヒートアップして語る葉桜とは対照的に、クラスメイト達の反応は冷え切っていた。まるで、大好きなヒーローを無邪気に語る子供と、ヒーローの存在を頭ごなしに否定する大人のように、どうしようもない隔たりを感じてしまった。

そんなクラスメイト達に向かって、葉桜は朗らかな笑顔を輝かせた。

「理比斗くんはクールに見えがちですが、実は熱い心を持っているんです！　特に、大好きなアクセサリーを語る時のハチャメチャなテンションは凄《すさ》まじいんです！　いわゆる、オタク特有の早口なんです！」

葉桜のボルテージが上がれば上がるほど、教室の温度は如実《にょじつ》に下がっていった。

「何と！　理比斗くんは、淀路野《よどろの》パンクパークについてめちゃくちゃ詳しいんです！　年間パスポートを買って通うくらいですよ！　ちなみに推しはゲコリーノ二世とのことです！　スタイリッシュな理比斗くんが遊園地好きというギャップ、すっごく可愛《かわい》くて素敵じゃないですか！」

……もう、無駄だ。

何を言っても結局、それはそれで女殴ってそう、と更に嫌われるだけだ。むしろ、空回りしている葉桜がみんなから白い目で見られて不信感が募るばかり。このままではオレに対する嫌悪感が葉桜にまで影響して最悪の結末に――

パチン！

諦めかけたオレの目を覚ますかのように、葉桜は両手を勢いよく叩《たた》いて、小気味良い音を教室に響かせた。それは、いつもオレを驚かせる突拍子もない閃《ひらめ》きの合図だった。

「これはマル秘情報なんですが……理比斗くんは、ベッドの下に隠していたえっちな写真集を私に見つけられた時、顔を真っ赤にして恥ずかしがっちゃうくらいピュアなんです！」

葉桜ァ！　何を言っているんだッ！

と、今すぐにでもツッコみたいところだが、オレは唇を必死に噛《か》み締めて何とか衝動を押し殺すことに成功した。ここでオレがしゃしゃり出たところで逆効果なのは目に見えている。それに、葉桜を信じると決めた以上、腹を括るしかないのだ。たとえ、オレの性癖が白日の下に晒《さら》されることになったとしても……！

葉桜の突拍子もない発言にクラスメイト達は驚愕《きょうがく》した表情でざわめいていた。

良くも悪くも空気が変わった気がした。

「とてつもない早口で無理のある言い訳を並べ連ねる理比斗くんのしどろもどろな姿、みんなにも見せてあげたいですっ。理比斗くんのイメージが根こそぎ変わるはずですから！」

オレは絶対に見せたくないぞ！

葉桜の言葉に戦慄しているオレの傍《かたわ》らで、ひめマユが妙にソワソワしていることに気がついた。クラスメイト達と同じように葉桜の発言が気がかりのようだった。

オレは、女殴ってそうな男——つまり、女を欲望のままに暴力的に消費するクズとして認識されている。そんな男がえっちな写真集を見られただけで恥ずかしがって無理のある言い訳をするなんて、思いもしなかったのだろう。

認識の齟齬《そご》が情緒を歪ませたのだ。

クラスメイト達の誰もがどうすれば良いのか、どんな反応をすれば良いのか、わけがわからない様子で慌てふためいていた。混乱というよりも、もはや混沌《こんとん》と呼ぶ方が正しいほどに。

空気が変わったとはいえ、このままでは収拾がつかなくなりそうだ……と、不安に駆られた瞬間、一人の男子が堂々たる態度で挙手をした。

「質問をさせていただきたいのだが！」

天を貫くほどの勢いで挙手をした男子は七三分けを手櫛《てぐし》でカッチリと整えて、メガネを仰々しく光らせた。

「え？　えっと……あ、はい！　ど、どうぞ、財前《ざいぜん》くんっ」

そう。その男子はオレの唯一の男友達・財前正一《しょういち》だった。

財前はオレの顔をほんの僅かに一瞥《いちべつ》したあと、凛々《りり》しい眼差《まなざ》しで葉桜を見つめた。

クラスメイト達は混沌を斬り裂くように起立した財前に注目し、一瞬にして黙り込んだ。

どうやら、自分達の思いを財前が代弁してくれるのではないか、と期待して見守ることを決めたようだった。

「古川《ふるかわ》さん、みんなが知らない筧《かけい》の情報をありがとう。とても興味深い話の数々だったよ。……しかし、それはさておき、だ」

クラスメイト達の疑惑を全て背負っているかのように、財前は重々しい口調で眉間に皺《しわ》を寄せた。

「筧が悪い人ではないと言うのならば……女殴ってそう、と言われ続けていることについてはどう思う？　聞くところによると、小学生の頃から噂《うわさ》が絶えなかったそうだが……」

財前の露悪的な質問に狼狽《うろた》えることなく、葉桜は首を横に振った。

「理比斗くんは暴力を振るうような人ではありません！　さっきも言ったように、理比斗くんのことを何も知らないから勝手に悪い人と決めつけているだけですっ」

「確かに。筧とはそれなりに仲良くさせてもらっているが、彼から暴力的な雰囲気を一切感じたことはない。古川さんの言っていることは実に、ごもっともだ」

落ち着いた様子で財前は頷《うなず》いたあと「自慰行為のやり方を懇切丁寧に教えようとしてきた時は流石《さすが》に驚いたけどね」と肩をすくめた。……それは勘違いなんだ、忘れてくれ。

「しかし……女性に暴力を振るっていなかったとしても、古川さんやひめマユを筆頭に女性を手籠めにしている、と噂されていることはどう受け止めれば良い？　僕からすれば、筧は顔が整っていて、スタイルも良いし、モテるのは納得だ。そして、モテる延長線で女たらしになってしまうのも……わからんでもない」

財前の述べた言葉の一つ一つにクラスメイト達は力強く頷いた。

「理比斗くんは女たらしじゃありません！　ピュアですからっ！」

「ピュア、か」

葉桜の真っ向からの反論に対し、財前は眉をひそめた。

「友人である僕からしても、筧がピュアであるという証言はにわかには信じられないな。イメージアップのためとはいえ、いささか話を盛りすぎじゃないかな。……古川さんの話を聞く限り、筧の反応はまるで童貞みたいじゃないか」

「はい！」

凜《りん》と。

葉桜は顔を真っ赤にして言ってのけた。

みんなの鼓膜に浸透する透明感たっぷりの元気いっぱいな声色で。

「理比斗《りひと》くんは童貞ですっ！」

一瞬、時が止まったかのように思えた。

いや、確実に止まっていた。少なくとも、オレの中では世界が止まっていた。もはや、このまま止まり続けてほしいと切に願うほどに。

……しかし、残酷にも時は動き出した。

「筧が童貞？」「流石に嘘《うそ》だろ？」「いくらなんでも盛りすぎだって」「あの顔で童貞なわけないでしょ」「ヤリチンに決まってるじゃん」「童貞舐《な》めんな」「財前、論破してくれ頼む」「俺も古川さんに童貞って言われてぇ」

葉桜の爆弾発言にクラスメイト達はこれまで以上に混乱し、声を荒らげて困惑していた。

「ど、童貞だと……？」

先程まで理路整然と話していた財前も今や冷静さを失い、クラスメイト達と同じように目を白黒させて戸惑っている。自慢の七三分けもくしゃくしゃに乱れて、メガネも情けなくずり落ちていた。

「高校生が童貞であることは決して珍しいことではない。かく言う僕も童貞だからな。……だが、しかし！　筧は顔が良くて、オシャレで、スタイリッシュで、モテる要素しかないんだぞ？　偏見で嫌われていたとしても、顔で寄ってくる女性は少なくないはずだ！　だのに童貞だと！　そんなバカなことが……！」

吠《ほ》え叫ぶように言ったあと、財前は頭を抱えて力なく椅子に座り込んだ。これ以上、返す言葉が出てこない様子で口をパクパクさせている。頼みの綱の財前がそんな状態になってしまったことで、クラスメイト達も意気消沈しているようだった。

「なぁ……財前」

不意に、財前の隣の席の男子が恐る恐る声を上げた。

「俺、気づいたんだけどさぁ。ひめマユが動画で言っていたことって、筧が童貞だからなんじゃないかな？」

童貞ッッ

「……動画？　…………そうか！」

隣の席の男子の発言に合点《がてん》がいったのか、財前はメガネが割れてしまいそうなほどの勢いで目を見開いた。

「ヤリチンではなく根っからのオナニー好き、というひめマユの発言は筧が童貞ならば、すんなりと呑《の》み込める！　隠していたえっちな写真集を見つけられて苦し紛れの言い訳をするのも納得だ！　僕にも覚えがあるぞ！」

「オナニーが生き甲斐《がい》、って言ってたし……案外、ああ見えて俺達と同じ筋金入りの非モテなのかもな！」

感慨深そうに共感する財前達の感情は次第に他の男子達にも波及していき、それぞれが思い思いの童貞エピソードで盛り上がっていった。そして、いつの間にか、男子達がオレに向ける視線はびっくりするくらい温かなものに変わっていた。

更に、女子達から好奇の目で見られていることに気づき、オレはビクリと身を震わせた。

「ねぇねぇ、筧くんって童貞だと思って見てみるとさ……マッシュヘアで、アクセいっぱいつけてて、スカした雰囲気で、中二病の陰キャっぽく見えてこない？」

「見える！　てか、もう中二病にしか見えない！　うっわ～、ちょっと可愛いかもっ」

「しかもさ、好きなものを語る時に早口になるんでしょ？　あの顔で中二病の陰キャのオタクだなんて、属性山盛りなんだけど！　そういうの好きなんですけど！」

「木登りが得意で、遊園地が好きだなんて、無邪気な男の子みたいなギャップがあるのもポイント高いよねー！」

嫌悪《けんお》でも侮蔑でも、ましてや殺意でもない……色めきたった興味をクラスメイト達から向けられて、オレは愕然《がくぜん》と立ち尽くした。

「な、なんだこれは……」

中学生の時も、小学生の時も、物心がついた時から今に至るまで、オレはずっと嫌われてきた。女殴ってそうな男、と酷《ひど》い偏見のせいで嫌われ続けてきた。どれだけ努力を重ねて変わろうとしても、無駄だった。更に、嫌われるだけだった。

だから、一生このままだと諦めるしかなかった。

嫌われるのは慣れている、と強がるしかなかった。

なのに！

まさか、童貞ということだけで全てが反転してしまうだなんて――――。

エピローグ

「ねー、知ってる？　筧くんって童貞なんだって！」

「えー！　あんなカッコいいのに？」

「そ！　実は奥手で、照れ屋で、ムッツリなんだって！」

「何そのギャップ！　可愛《かわい》い～！」

放課後の廊下を歩いていると、隣のクラスの女子達が楽しそうに会話している内容が聞こえてきて、オレは嬉《うれ》しいような恥ずかしいような何とも形容しがたい感情を抱いてしまった。

「……財前。これは良いことなのか？」

オレの問いかけに、隣を歩く財前は朗らかに笑った。

「良いことに決まっているだろう。古川さんの発言によってキミのイメージは物の見事に一転し、みんなから好かれるようになったんだからな！」

複雑ではあるが、財前が言ったことは紛れもない事実だった。

昼休みの葉桜《はざくら》の演説によって、オレのイメージは完全に反転したのだ。

女殴ってそうな男、という偏見から……女殴ってそうな男だけど実はピュアな童貞、という事実へと。これはレベルアップなのか、レベルダウンなのか、何とも言い難《がた》いことだが、大きなパラダイムシフトであることに変わりはなかった。

嫌われ者から笑われ者へと移り変わっただけ、というわけでもなく。今や、かつての葉桜並みにチヤホヤされてしまっているのだ。いわば『クラスで人気のスタイリッシュ童貞』といった具合だ。

そう、スタイリッシュ童貞。

女殴ってそうなほどスタイリッシュな雰囲気にもかかわらず童貞、というギャップに親しみを込めて、クラスメイト達はオレのことをスタイリッシュ童貞と呼ぶようになったのだ。

……珍獣扱いされている気もするが。

「スタイリッシュ童貞とは言い得て妙だと思うけどな」

「うぐぐ……」

確かに、自分でも反論の余地がまったくないのがもどかしい。

いや、もどかしいと吐き捨てるにしては、その異名の恩恵がデカすぎるので無下にはできないのだが。事実として、馬鹿にされているわけでも、いじられているわけでも、いじめられているわけでもない。親しまれているからこその、スタイリッシュ童貞なのだ。

まぬけな響きのせいで素直に受け止め辛《づら》いけれど。

「スタイリッシュなイケメンなのに童貞なギャップが可愛い、と女子からモテモテだなんて！　まったくもって羨ましい限りだ！　はっはっはっは！」

高らかに笑う財前《ざいぜん》をジロッと睨《にら》みつけて、オレは肩をすくめた。

『女殴ってそう』と『童貞』はオレにとって大きなコンプレックスだった。童貞であることがバレたら、マイナスとマイナスがかけ合わさって『女殴ってそうな童貞』という最悪のクズだと思われてしまうんじゃないか、と怯《おび》え続けていた。

しかし、実際はマイナスとマイナスがかけ合わさることによって『スタイリッシュ童貞』というプラスに反転した。そして、男子からは童貞の同胞として共感され、女子からはギャップで好意を持たれている。

童貞一つで全てが反転するなんて、人生とはわからないものだ。

クラスメイト全員から「何も知らないのに偏見で嫌って本当にごめん」と誠心誠意の謝罪の言葉と共に頭を下げられたのは流石に面はゆいものがあったが……。それ以上に、自分を受け入れてくれたことが何よりも嬉しかった。

だから、スタイリッシュ童貞というのも悪くはないのかもしれない。と、オレは口元を緩めた。

「財前、ありがとう」

「ん？　藪《やぶ》から棒にどうした？」

「昼休みのことだよ。葉桜のピュア発言で混乱していた場を整えるため、あえて悪役を買って出てくれただろ？　お前があの時に挙手をしなければ今頃どうなっていたことか……」

財前がいなければ葉桜も童貞宣言をすることなく、スタイリッシュ童貞が誕生することもなく、オレは嫌われ者のままだったはずだ。いや、それ以上に大変なことになっていただろう。それこそ葉桜まで巻き込んで――。

「友達だから当然さ」

何でもないことのように財前は笑った。

「おっと、僕の出番はここまでのようだ」

突然そう言い残して、財前は早足に立ち去っていった。そして、財前とすれ違う形でオレの元にやってきたのは、葉桜とひめマユだった。……どうやら、財前は二人に気を遣ってくれたようだ。どこまで気が利《き》くヤツなんだ、とオレは心の中で再び親友に感謝した。

「やっほー、りーくん！　すっかり人気者になっちゃったねー。うちのクラスでもりーくんの話題ばっかだよ！」

楽しげに笑うひめマユに対し、葉桜は青ざめた表情で深々と頭を下げた。

「ごめんなさいっ！　みんなの前で理比斗《りひと》くんが……ど、童貞であることをバラしてしまって……っ！」

「気にするな、葉桜。結果的に何もかもが丸く収まったんだから」

「でも、でも、それは結果論であって……」

申し訳なさそうにする葉桜の言葉を遮り、オレは首を横に振った。

「むしろ、本当に謝るべきなのは自己犠牲に走って心配をかけたオレの方だ。……すまん！」

深々と頭を下げて、オレは心の底から謝罪の言葉を口にした。

「それに、結果論だとしても結果が全てだ。これで良かったんだよ。案外、スタイリッシュ童貞という響きも気に入ってきたところだしな」

「理比斗くん……」

……とはいえ、スタイリッシュ童貞という現状は結局のところ、その場しのぎだ。今はみんなに受け入れられて親しまれていたとしても、仮に、万が一、オレが童貞を卒業しようものなら好感度は一気に砕け散ってしまうだろう。

スタイリッシュ童貞から童貞を抜いたら、ただのスタイリッシュ。

つまり、元の木阿弥《もくあみ》。女殴ってそうな男へと逆戻りだ。

だから、葉桜の告白への返事も、ひめマユのもにゃもにゃの正体を解き明かすのも、今はまだ保留にしておくべきだ。これは決して臆病風に吹かれているわけでも、二人の気持ちを蔑《ないがし》ろにしているわけでもない。

いわば、戦略的童貞だ。

「なぁ、葉桜」

ドキッとする短さのミニスカートを今や穿《は》きこなしている葉桜の顔を見つめて、オレはゆっくりと開口した。

「オレもオトナになりたいと思うんだが、何か良いアイディアはないか？」

「え？」

唐突なオレの問いかけに葉桜はきょとんと首を傾《かし》げた。

「スタイリッシュ童貞のことを気に入ってきたとはいえ、それはそれ、これはこれだ。今の立場に甘んじている間に、嫌われ者から本当の意味で脱する方法を探したい、と思ってな」

胸を張って二人と関わるためにも。

「成程！　ふむ、ふむ。……では！　みんなで合宿をするのはいかがでしょうか！」

「が、合宿……！」

あっけらかんと言ってのけた葉桜とは対照的に、ひめマユは顔を真っ赤にして情けない声を上げた。「りーくんとお泊まりだなんて……もにゃもにゃ」とぷるぷる震えている。

「ずばり！　オトナ合宿ですっ！」

随分、オトナっぽさの欠片《かけら》もないネーミングだな。葉桜らしさ満点で微笑《ほほえ》ましいけども。

……男女で寝泊まりするというのはある意味ではオトナっぽいことこの上ないのかもしれないが。

クラスで人気の文学少女だった天然美少女と、隣のクラスで人気のギャルを貫く恥ずかしがり屋と、女殴ってそうな男から進化したスタイリッシュ童貞。そんな三人で合宿をするなんて、一体全体どうなることか見当もつかない。

はたして、童貞が耐えきれるだろうか。色んな意味で。

と、良くも悪くも悶々《もんもん》と考えていた、その時——パチン！　と、小気味いい音が廊下に響き渡った。

「それでは早速、合宿の準備をしちゃいましょう！」

「は、葉桜ちゃん！　まだ予定も何も決めてないのにいくらなんでも早すぎだよ！」

「善は急げと言いますから！　というわけで、まずは買い出しです！」

オトナ合宿に余程テンションが上がっているのか、葉桜は太陽のような笑顔を燦然《さんぜん》と輝かせていた。

「もー！　ちょっと待って！　あたしも行くからっ」

元気いっぱいに駆け出す葉桜とドタバタと慌てて走るひめマユを眺めて、オレは肩をすくめた。

そして、二人を追いかけようとして、ふと、オレは足を止めた。葉桜とひめマユが遠ざかるにつれ静かになっていく放課後の廊下の片隅で、夕陽《ゆうひ》が差し込む窓ガラスに映る一人の男と目が合ってしまったのだ。

相変わらず、女殴ってそうな顔だな……。

けれど、どうしようもないほど幸せそうな笑顔だった。

あとがき

この度は『すまん！　クラスで人気の文学少女がスカートを短くしたのはオレのせいだ』略して、『すまクラ』をお手に取っていただき誠にありがとうございます。

作者の井森《いもり》奇恋《きれん》です。

あとがきということで軽く自己紹介をさせていただきます。

趣味は、好きな配信者の動画を見ながら無心でゲームをすることです。

本作を執筆中にプレイしたゲームを羅列すると……『スイカゲーム』『ポケモンカードGB』『幸運の大家様』『白夜夢』『Shotgun King：The Final Checkmate』『シャドウバース　チャンピオンズバトル』『マリーのアトリエ　Remake』……といった感じです。淡々とできるリプレイ性の高いゲームが好きです。

もう一つの趣味は、スマホのクリアケースに挟むためのステッカー集めです。多種多様、大小様々なステッカーをその日の気分でチョイスして、スマホの背面を好き放題にカスタマイズしていくのが楽しくてしょうがないです。ちまちまと物を集めるのが好きなので買い物に行く度にステッカーをついつい探してしまいます。

ちなみに、このあとがきを書いている時のスマホケースにはチェンソーマンのマキマさんと、ごちうさの千夜《ちや》ちゃんと、ポケモンのベロリンガのステッカーを挟んでいます。

……っと、自分語りが過ぎてしまいました。

ここからは襟を正して、お世話になった方々への感謝の言葉を綴《つづ》らせていただきます。

デビュー作に引き続いて豊富な知識と経験で支え続けてくださる担当編集のOさん、オトナと子供の狭間《はざま》で揺れ動く登場人物達の機微を最高の形で表現してくださったイラストレーターのうなさかさん、編集部の皆様、営業部の皆様、デザイナー様、校正様、印刷所の皆様、本作に携わってくださった皆々様、ありがとうございます。

引きこもりがちな僕を外に連れ出してくれるYさん、ラノベや漫画の考察に付き合ってくれるIさん、ノスタルジーを語り合えるKくん、いつも見守ってくれる家族……この場を借りて、ありがとう。

そして、読者の皆様に改めて心よりの感謝を。

ここまで読んでいただき、本当にありがとうございます。

今後とも更なる展開を目指し続けていきますので、末永く、あったか〜い目で見守ってくださると幸いです。

それでは、また。

お便りはこちらまで

〒一〇二-八一七七
ファンタジア文庫編集部気付
丼森奇恋（様）宛
うなさか（様）宛

富士見ファンタジア文庫

すまん！　クラスで人気《にんき》の文学少女《ぶんがくしょうじょ》がスカートを短《みじか》くしたのはオレのせいだ

令和６年５月20日　初版発行

著者——井森奇恋《いもりきれん》

発行者——山下直久

発　行——株式会社KADOKAWA

〒102-8177

東京都千代田区富士見2-13-3

0570-002-301（ナビダイヤル）

印刷所——株式会社暁印刷

製本所——本間製本株式会社

※定価はカバーに表示してあります。

●お問い合わせ

https://www.kadokawa.co.jp/（「お問い合わせ」へお進みください）

※内容によっては、お答えできない場合があります。

※サポートは日本国内のみとさせていただきます。

※Japanese text only

ISBN978-4-04-075505-2 C0193　◇◇◇

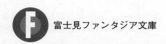

「す、好きです!」「えっ? ススキです!?」。
陰キャ気味な高校生・加島龍斗は、
スクールカースト最上位&憧れの白河月愛に
罰ゲームきっかけで告白することになった。
予想外の「え、だって今わたしフリーだし」という理由で
付き合うことになった二人だが、
龍斗はイケメンサッカー部員に告白される
月愛の後をつけて盗み聞きしてみたり、
月愛は付き合ったばかりの龍斗を
当たり前のように自室に連れ込んでみたり。
付き合う友達も遊びも、何もかも違う2人だが、
日々そのギャップに驚き、受け入れ合い、
そして心を通わせ始める。
読むときっとステキな気分になれるラブストーリー、
大好評でシリーズ展開中!

ありふれた毎日も
全てが愛おしい。

済みなキミと、
ゼロなオレが、
き合いする話。

ファンタジア文庫
何気ない一言も
キミが一緒だと
経験
経験
お付
著／長岡マキ子
イラスト／magako

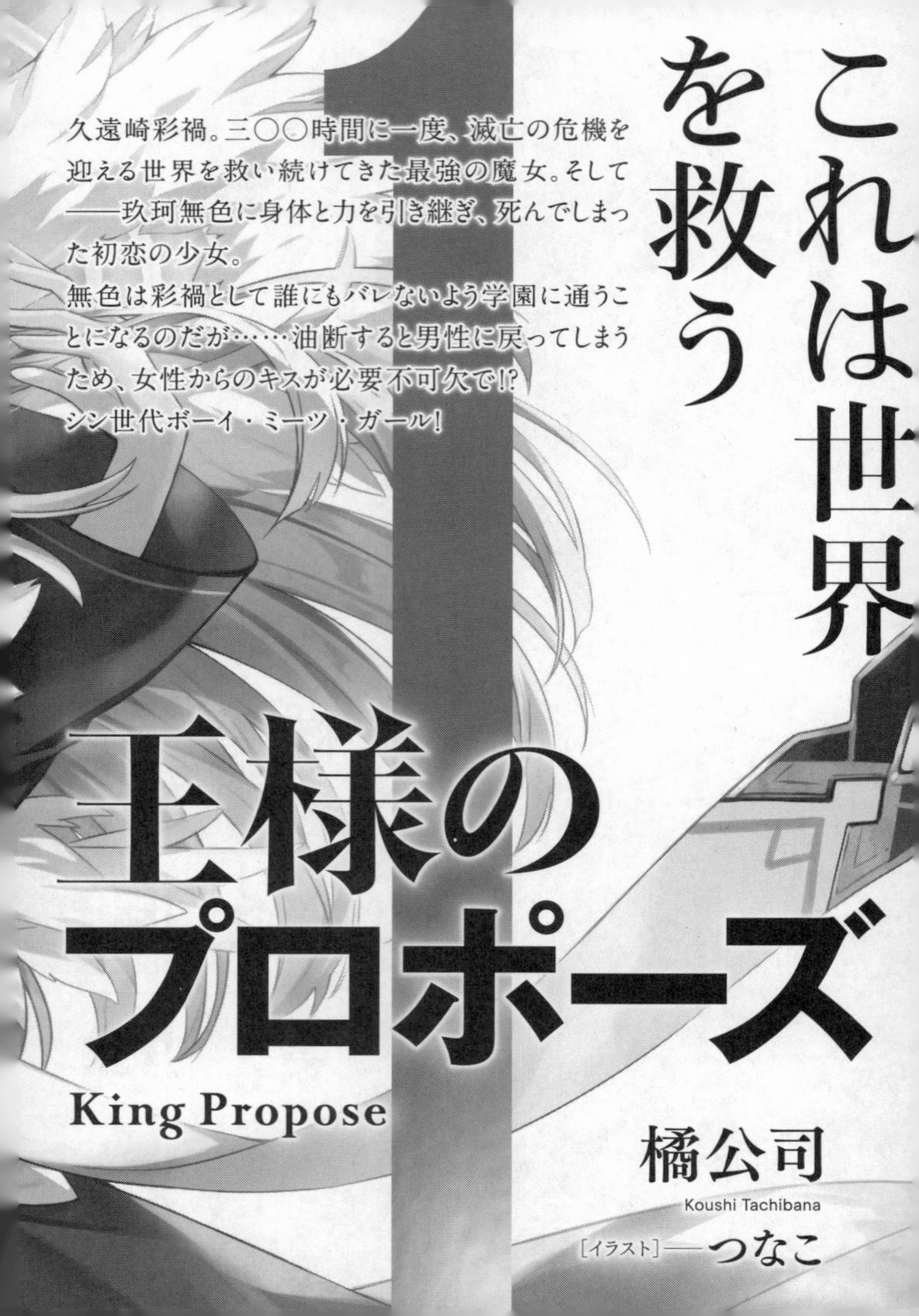

これは世界を救う

久遠崎彩禍。三〇〇時間に一度、滅亡の危機を迎える世界を救い続けてきた最強の魔女。そして——玖珂無色に身体と力を引き継ぎ、死んでしまった初恋の少女。

無色は彩禍として誰にもバレないよう学園に通うことになるのだが……油断すると男性に戻ってしまうため、女性からのキスが必要不可欠で!?

シン世代ボーイ・ミーツ・ガール!

王様のプロポーズ 1

King Propose

橘公司
Koushi Tachibana
[イラスト]——つなこ

最強の初恋
シリーズ
好評発売中!
F
ファンタジア文庫